总有人间一两风 填我十万八千梦

史铁生 等著

天津出版传媒集团

天津人民出版社

图书在版编目（CIP）数据

总有人间一两风　填我十万八千梦 / 史铁生等著.
天津：天津人民出版社，2024. 7. -- ISBN 978-7-201
-20601-1

Ⅰ. I217.1

中国国家版本馆CIP数据核字第2024PM2374号

总有人间一两风　填我十万八千梦
ZONG YOU RENJIAN YILIANG FENG TIAN WO SHIWAN BAQIAN MENG

史铁生　等著

出　　版	天津人民出版社
出 版 人	刘锦泉
地　　址	天津市和平区西康路35号康岳大厦
邮政编码	300051
邮购电话	022-23332459
电子信箱	reader@tjrmcbs.com

责任编辑	玮丽斯
监　　制	黄利　万夏
营销支持	曹莉丽
特约编辑	曹莉丽　鞠媛媛　方莹
版权支持	王福娇
装帧设计	紫图图书ZITO®

制版印刷	艺堂印刷（天津）有限公司
经　　销	新华书店
开　　本	880毫米×1230毫米　1/32
印　　张	7.5
字　　数	118千字
版次印次	2024年7月第1版　2024年7月第1次印刷
定　　价	55.00元

版权所有　侵权必究
图书如出现印装质量问题，请致电联系调换（022-23332459）

目录

第一章 而如今,向往清晨、街市和宁静

史铁生	想念地坛	002
季羡林	晨趣	010
梁实秋	散步	013
肖复兴	喝得很慢的土豆汤	017
季美林	上海菜市场	024
汪曾祺	街上的孩子	027
郁达夫	半日的游程	031
庐 隐	邻居	037

目录

第二章 风在很远的地方,去去也无妨

肖复兴　年轻时应该去远方　046

萧　红　祖父的园子(节选)　051

丰子恺　竹影　056

沈从文　往事　061

朱自清　新年底故事　067

周作人　村里的戏班子　074

林海音　我的童玩　078

冯骥才　花脸　087

丰子恺　梦痕　093

目录

第三章 感受冷、热和风,生活不过如此

冯骥才	夕照透入书房	102
肖复兴	等那一束光	106
汪曾祺	胡同文化	110
梁实秋	东安市场	116
郁达夫	北平的四季	125
徐志摩	翡冷翠山居闲话	134
老 舍	不旅行记	139
梁实秋	好容易过了端午节	143

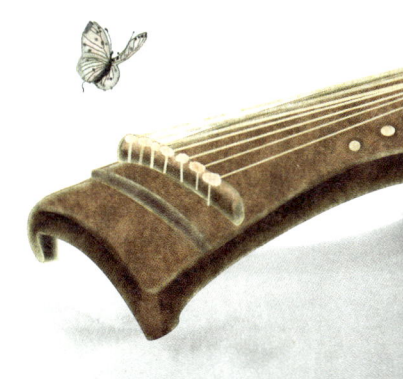

目录

第四章 像风走了八千里，不问归期

季羡林	月是故乡明	148
沈从文	我所生长的地方	152
周作人	乌篷船	157
郁达夫	故都的秋	161
朱自清	背影	166
史铁生	奶奶的星星（节选）	170
萧红	祖父死的时候	174
郁达夫	一个人在途上	179
史铁生	秋天的怀念	188

目录

第五章 我的生命,是一万次的春和景明

汪曾祺	人间草木	194
萧红	春意挂上了树梢	201
冯骥才	珍珠鸟	205
鲁迅	好的故事	209
老舍	我的理想家庭	212
张晓风	生命,以什么单位计量	216
丰子恺	儿女	219
史铁生	人间	225

那安静,如今想来,
是由于四周和心中的荒旷。
一个无措的灵魂,
不期而至竟仿佛走回到生命的起点。

第一章

而如今,向往清晨、街市和宁静

想念地坛

史铁生

想念地坛，主要是想念它的安静。

坐在那园子里，坐在不管它的哪一个角落，任何地方，喧嚣都在远处。近旁只有荒藤老树，只有栖居了鸟儿的废殿颓檐、长满了野草的残墙断壁，暮鸦吵闹着归来，雨燕盘桓吟唱，风过檐铃，雨落空林，蜂飞蝶舞草动虫鸣……四季的歌咏此起彼伏从不间断。地坛的安静并非无声。

有一天大雾弥漫，世界缩小到只剩了园中的一棵老树。有一天春光浩荡，草地上的野花铺铺展展开得让人心惊。有一天漫天飞雪，园中堆银砌玉，有如一座晶莹的迷宫。有一天大雨滂沱，忽而云开，太阳轰轰烈烈，满天满地都是它的威光。数不尽的那些日子里,那些年月,地坛应该记得,有一个人,摇了轮椅,一次次走来,逃也似的投靠这一处静地。

一进园门,心便安稳。有一条界线似的,迈过它,只要一迈过它便有清纯之气扑来,悠远、浑厚。于是时间也似放慢了速度,就好比电影中的慢镜,人便不那么慌张了,可以放下心来把你的每一个动作都看看清楚,每一丝风飞叶动,每一缕愤懑和妄想,盼念与惶茫,总之把你所有的心绪都看看明白。

因而地坛的安静,也不是与世隔离。

那安静,如今想来,是由于四周和心中的荒旷。一个无措的灵魂,不期而至竟仿佛走回到生命的起点。

记得我在那园中成年累月地走,在那儿呆坐,张望,暗自地祈求或怨叹,在那儿睡了又醒,醒了看几页书……然后在那儿想:"好吧好吧,我看你还能怎样!"这念头不觉出声,如空谷回音。

谁?谁还能怎样?我,我自己。

我常看那个轮椅上的人和轮椅下他的影子,心说我怎么会是他呢?怎么会和他一块儿坐在了这儿?我仔细看他,看他究竟有什么倒霉的特点，或还将有什么不幸的征兆，想看看他终于怎样去死，赴死之途莫非还有绝路？那日何日？我记得忽然我有了一种放弃的心情，仿佛我已经消失，已经不在，唯一缕轻魂在园中游荡，刹那间清风朗月，如沐慈悲。于是乎我听见了那恒久而辽阔的安静。恒久，辽阔，但非死寂，那中间确有如林语堂所说的，一种"温柔的声音，同时也是强迫的声音"。

我记得于是我铺开一张纸，觉得确乎有些什么东西最好是写下来。那日何日？但我一直记得那份忽临的轻松和快慰，也不考虑词句，也不过问技巧，也不以为能拿它去派什么用场，只是写，只是看有些路单靠腿（轮椅）去走明显是不够。写，真是个办法，是条条绝路之后的一条路。

只是多年以后我才在书上读到了一种说法：写作的零度。

《写作的零度》，其汉译本实在是有些磕磕绊绊，一些段落只好猜读，或难免还有误解。我不是学者，读不了罗兰·巴特的法文原著应当不算是玩忽职守。是这题目先就吸引了我，这五个字，已经契合了我的心意。在我想，写作的零度即生命的起点，写作由之出发的地方即生命之固有的疑难，写作之终于的寻求，即灵魂最初的眺望。譬如那一条蛇的诱惑，以及生命自古而今对意义不息的询问。譬如那两片无花果叶的遮蔽，以及人类以爱情的名义、自古而今的相互寻找。譬如上帝对亚当和夏娃的惩罚，以及万千心魂自古而今所祈盼着的团圆。

"写作的零度"，当然不是说清高到不必理睬纷繁的实际生活，洁癖到把变迁的历史虚无得干净，只在形而上寻求生命的解答。不是的。但生活的谜面变化多端，谜底却似亘古不变，缤纷错乱的现实之网终难免编织进四顾迷茫，从而编织到形而上的询问。人太容易在实际中走失，驻足于路上的奇观美景而忘了原本是要去哪儿，倘此时灵机一闪，笑遇荒诞，恍然间记起了比如说罗伯—格里耶的《去年在马里昂巴》，比如说贝克特的《等待戈多》，那便是回归了"零度"，重新过问生命的意义。零度，这个词真用得好，我愿意它不期然地还有着如下两种意思：一是说生命本无意义，零嘛，本来什么都没有；二是说，可平白无故地生命他来了，是何用意？虚位以待，来向你要求意义。一个生命的诞生，便是一次对意义的要求。荒诞感，正就是这样地要求。所以要看重荒诞，要善待它。不信等着瞧，无论何时何地，必都是荒诞领你回到最初的眺望，逼迫你去看那生命固有的疑难。

否则，写作，你寻的是什么根？倘只是炫耀祖宗的光荣，弃心魂一向的困惑于不问，岂不还是阿Q的传统？倘写作变成潇洒，变成了身份或地位的投资，它就不要嘲笑喧嚣，它已经加入喧嚣。尤其，写作要是爱上了比赛、擂台和排名榜，它就更何必谴责什么"霸权"？它自己已经是了。我大致看懂了排名的用意：时不时地抛出一份名单，把大家排比得就像是梁山泊的一百零八，被排者争风吃醋，排者乘机拿走的是权力。可以玩味的是，这排名之妙，商界倒比文坛还要醒悟得晚些。

这又让我想起我曾经写过的那个可怕的孩子。那个矮小瘦弱的孩子，他凭什么让人害怕？他有一种天赋的诡诈——只要把周围的孩子经常地排一排座次，他凭空地就有了权力。"我第一跟谁好，第二跟谁好……第十跟谁好"和"我不跟谁好"，于是，欢欣者欢欣地追随他，苦闷者苦闷着还是去追随他。我记得，那是我很长一段童年时光中恐惧的来源，是我的一次写作的零度。生命的恐惧或疑难，在原本干干净净地眺望中忽而向我要求着计谋；我记得我的第一个计谋，是阿谀。但恐惧并未因此消散，疑难却因此更加疑难。我还记得我抱着那只用于阿谀的破足球，抱着我破碎的计谋，在夕阳和晚风中回家的情景……那又是一次写作的零度。零度，并不只有一次。每当你立于生命固有的疑难，立于灵魂一向的祈盼，你就回到了零度。一次次回到那儿正如一次次走进地坛，一次次投靠安静，走回到生命的起点，重新看看，你到底是要去哪儿？是否已经偏离亚当和夏娃相互寻找的方向？

想念地坛，就是不断地回望零度。放弃强力，当然还有阿谀。现在可真是反了——面要面霸，居要豪居，海鲜称帝，狗肉称王，人呢？名人，强人，人物。可你看地坛，它早已放弃昔日荣华，一天天在风雨中放弃，五百年，安静了；安静得草木葳蕤，生气盎然。土地，要你气熏烟蒸地去恭维它吗？万物，是你雕栏玉砌就可以挟持的？疯话。再看那些老柏树，历无数春秋寒暑依旧镇定自若，不为流光掠影所迷。我曾注意过它们的坚强，但在想念里，我看见万物的美德更在于柔弱。"坚强"，你想吧，希特勒也会赞成。世间的语汇，可有什么会是强梁所拒？只有"柔弱"。柔弱是爱者的独信。柔弱不是软弱，软弱通常都装扮得强大，走到台前骂人,退回幕后出汗。柔弱,是信者仰慕神恩的心情,静聆神命的姿态。想想看,倘那老柏树无风自摇岂不可怕?要是野草长得比树还高,八成是发生了核泄漏——听说契尔诺贝利附近有这现象。

我曾写过"设若有一位园神"这样的话,现在想,就是那些老柏树吧;千百年中,它们看风看雨,看日行月走人世更迭,浓荫中唯供奉了所有的记忆,随时提醒着你悠远的梦想。

但要是"爱"也喧嚣,"美"也招摇,"真诚"沦为一句时髦的广告,那怎么办?唯柔弱是爱愿的识别,正如放弃是喧嚣的解剂。人一活脱便要嚣张,天生的这么一种动物。这动物适合在地坛放养些时日——我是说当年的地坛。

回望地坛,回望它的安静,想念中坐在不管它的哪一个角落,重新铺开一张纸吧。写,真是个办法,油然地通向着安静。写,这形式,注定是个人的,容易撞见诚实,容易被诚实揪住不放,容易在市场之外遭遇心中的阴暗,在自以为是时回归零度。把一切污浊、畸形、歧路,重新放回到那儿去检查,勿使伪劣的心魂流布。

有人跟我说,曾去地坛找我,或看了那一篇《我与地坛》去那儿寻找安静。可一来呢,我搬家搬得离地坛远了,不常去了。二来我偶尔请朋友开车送我去看它,发现它早已面目全非。我想,那就不必再去地坛寻找安静,莫如在安静中寻找地坛。恰如庄生梦蝶,当年我在地坛里挥霍光阴,曾屡屡地有过怀疑:我在地坛吗?还是地坛在我?现在我看虚空中也有一条界线,靠想念去迈过它,只要一迈过它便有清纯之气扑面而来。我已不在地坛,地坛在我。

晨趣

季羡林

一抬头，眼前一片金光：朝阳正跳跃在书架顶上玻璃盒内日本玩偶藤娘身上，一身和服，花团锦簇，手里拿着淡紫色的藤萝花，都熠熠发光，而且闪灼不定。

我开始工作的时候，窗外暗夜正在向前走动。不知怎样一来，暗夜已逝，旭日东升。这阳光是从哪里流进来的呢？窗外一棵高大的梧桐树，枝叶繁茂，仿佛张开了一张绿色的网。再远一点，在湖边上是成排的垂柳。所有这一些都不利于阳光的穿透。然而阳光确实流进来了，就流在藤娘身上……

然而，一转瞬间，阳光忽然又不见了，藤娘身上，一片阴影。窗外，在梧桐和垂柳的缝隙里，一块块蓝色的天空。成群的鸽子正盘旋飞翔在这样的天空里，黑影在蔚蓝上面画上了弧线。鸽影落在湖中，清晰可见，好像比天空里的更富有神韵，宛如镜花水月。

朝阳越升越高，透过浓密的枝叶，一直照到我的头上。我心中一动，阳光好像有了生命，它启迪着什么，它暗示着什么。我忽然想到印度大诗人泰戈尔，每天早上对着初升的太阳，静坐沉思，幻想与天地同体，与宇宙合一。我从来没达到这样的境界，我没有这一份福气。可是我也感到太阳的威力，心中思绪腾翻，仿佛也能洞察三界，透视万有了。

现在我正处在每天工作的第二阶段的开头上。紧张地工作了一个阶段以后，我现在想缓松一下，心里有了余裕，能够抬一抬头，向四周，特别是窗外观察一下。窗外风光如旧，但是四季不同：春花，秋月，夏雨，冬雪，情趣各异，动人则一。现在正是夏季，浓绿扑人眉宇，鸽影在天，湖光如镜。多少年来，当然都是这个样子。为什么过去我竟视而不见呢？今天，藤娘身上一点闪光，仿佛照透了我的心，让我抬起头来，以崭新的眼光，来衡量一切，眼前的东西既熟悉又陌生，我仿佛搬到了一个新的地方，把我好奇的童心一下子都引逗起来了。我注视着藤娘,我的心却飞越茫茫大海,飞到了日本,怀念起赠送给我藤娘的室伏千津子夫人和室伏佑厚先生一家来。真挚的友情温暖着我的心……

窗外太阳升得更高了。梧桐树椭圆的叶子和垂柳的尖长的叶子,交织在一起,椭圆与细长相映成趣。最上一层阳光照在上面,一片嫩黄;下一层则处在背阴处,一片黑绿。远处的塔影,屹立不动。天空里的鸽影仍然在划着或长或短、或远或近的弧线。再把眼光收回来,则看到里面窗台上摆着的几盆君子兰,深绿肥大的叶子,给我心中增添了绿色的力量。

多么可爱的清晨,多么宁静的清晨!

此时我怡然自得,其乐陶陶。我真觉得,人生毕竟是非常可爱的,大地毕竟是非常可爱的。我有点不知老之已至了。我这个从来不写诗的人心中似乎也有了一点诗意。

此身合是诗人未?

鸽影湖光入目明。

我好像真正成为一个诗人了。

散步

梁实秋

《琅嬛记》云:"古之老人,饭后必散步。"好像是散步限于饭后,仅是老人行之,而且盛行于古时。现代的我,年纪不大,清晨起来盥洗完毕便提起手杖出门去散步。这好像是不合古法,但我已行之有年,而且同好甚多,不止我一人。

清晨走到空旷处,看东方既白,远山如黛,空气里没有太多的尘埃炊烟混杂在内,可以放心地尽量地深呼吸,这便是一天中难得的享受。据估计:"目前一般都市的空气中,灰尘和烟煤的每周降量,平均每平方公里均为五吨,在人烟稠密或工厂林立的地区,有的竟达二十吨之多。"养鱼的都知道要经常为鱼换水，关在城市里的人真是如在火宅，难道还不在每天清早从软暖习气中挣脱出来，服几口清凉散？

散步的去处不一定要是山明水秀之区，如果风景宜人，固然觉得心旷神怡，就是荒村陋巷，也自有它的情趣。一切只要随缘。我从前沿着淡水河边，走到萤桥，现在顺着一条马路，走到土桥，天天如是，仍然觉得目不暇接。朝露未干时，有蚯蚓、大蜗牛，在路边蠕动，没有人伤害它们，在这时候这些小小的生物可以和我们和平共处。也常见有被碾毙的田鸡、野鼠横尸路上，令人触目惊心，想到生死无常，河边蹲踞着三三两两浣衣女，态度并不轻闲，她们的背上兜着垂头瞌睡的小孩子。田畦间伫立着几个庄稼汉，大概是刚拔完萝卜摘过菜。是农家苦，还是农家乐，不大好说。就是从巷弄里面穿行，无意中听到人家里的喁喁絮语，有时也能令人忍俊不禁。

六朝人喜欢服五石散，服下去之后五内如焚，浑身发热，必须散步以资宣泄。到唐朝时犹有这种风气。元稹诗"行药步墙阴"，陆龟蒙诗"更拟结茅临水次，偶因行药到村前"。所谓行药，就是服药后的散步。这种散步，我想是不舒服的。肚里面有丹砂、雄黄、白矾之类的东西作怪，必须脚步加快，步出一身大汗，方得畅快。我所谓的散步不这样地紧张，遇到天寒风大，可以缩颈疾行，否则亦不妨迈方步，缓缓而行。培根有言："散步利胃。"我的胃口已经太好，不可再利，所以我从不跟跄地趱路。六朝人所谓"风神萧散，望之如神仙中人"，一定不是在行药时的写照。散步时总是携带一根手杖，手里才觉得不闲得慌。山水画里的人物，凡是跋山涉水的总免不了要有一根邛杖，否则好像是摆不稳当似的。王维诗："策杖村西日斜。"村东日出时也是一样的需要策杖。一杖在手，无须舞动，拖曳就可以了。我的一根手杖，因为在地面摩擦的关系，已较当初短了寸余。手杖有时亦可作为武器，聊备不时之需，因为在街上散步者不仅是人，还有狗。不是夹着尾巴的丧家之狗，也不是循循然汪汪叫的土生土长的狗，而是那种雄赳赳的横眉竖眼张口伸舌的巨獒，气咻咻地迎面而来，后面还跟着骑脚踏车的扈从，这时节我只得一面退避三舍，一面加力握紧我手里的竹杖。那狗脖上挂着牌子，当然是纳过税的，还可能是系出名门，自然也有权利出来散步。还好，此外尚未遇见过别的什么猛兽。唐慈藏大师"独静行禅，不避虎兕"，我只有自惭定力不够。

散步不需要伴侣，东望西望没人管，快步慢步由你说，这不但是自由，而且只有在这种时候才特别容易领略到"前不见古人，后不见来者"那种"分段苦"的味道。天覆地载，孑然一身。事实上街道上也不是绝对的阒无一人，策杖而行的不只我一个，而且经常地有很熟的面孔准时准地地出现，还有三五成群的小姑娘，老远地就送来木屐声。天长日久，面孔都熟了，但是谁也不理谁。在外国的小都市，你清早出门，一路上打扫台阶的老太婆总要对你搭讪一两句话，要是在郊外山上，任何人都要彼此脱帽招呼。他们不嫌多事。我有时候发现，一个形容枯槁的老者忽然不见他在街道散步了，第二天也不见，第三天也不见，我真不敢猜想他是到哪里去了。

太阳一出山，把人影照得好长，这时候就该往回走。再晚一点便要看到穿蓝条睡衣睡裤的女人们在街上或是河沟里倒垃圾，或者是捧出红泥小火炉在路边呼呼地扇起来，弄得烟气腾腾。尤其是，风驰电掣的现代交通工具也要像是猛虎出柙一般地露面了，行人总以回避为宜。所以，散步一定要在清晨。白居易诗："晚来天气好，散步中门前。"要知道白居易住的地方是伊阙，是香山，和我们住的地方不一样。

喝得很慢的土豆汤

肖复兴

那天下午两点多,我和妻子路过北大,因为还没有吃午饭,忽然想起儿子曾经特意带我们去过的一家朝鲜小馆,就在附近,离北大的西门不远,一拐弯儿就到,便进了这家朝鲜小馆。

大概由于早过了饭点儿,小馆里没有一个客人,空荡荡的,只有风扇寂寞地、呼呼地吹着。一个服务员,是个胖乎乎的小姑娘走了过来,把我们领到靠窗的风扇前让坐下,说这里凉快,然后递过菜谱问我们吃点儿什么。我想起上次儿子带我们来,点了一个土豆汤,非常好吃,很浓的汤,却很润滑细腻,微辣中有一种特殊的清香味儿,湿润的艾草似的撩人胃口。不过已经过去了两个多月的时间,我忘记是用鸡块炖的,还是用牛肉炖的了,便对妻子嘀咕:"你还记得吗?"妻子也忘记了。儿子在北大读书的时候,常常和同学到这家小馆里吃饭。由于是二十四小时营业,价格公道,朝鲜风味又都特别对他们的口味,非常受他们的欢迎,他们对这里的菜当然比我们要熟悉。大学毕业,儿子去美国读研,放假回来,和同学聚会,总还要跑到这里,点他们最爱吃的菜。可惜,儿子假期已满,又回美国接着读书去了,天高地远,没法子问他了。

没有想到,小姑娘这时对我们说道:"上次你们是不是和你们的儿子一起来的,就坐在里面那个位子?"她说着一口比赵本山还浓郁的东北话,用胖乎乎的小手指了指里面靠墙的位子。

我和妻子都惊住了。她居然记得这样清楚,那时,我们和儿子确实就坐在那里。

我更没有想到的是,她接着用一种很肯定的口吻对我们说:"那次你们要的是鸡块炖土豆汤。"

这样的肯定,让我心里相信了她,不过,我开玩笑地对她说:"你就这么肯定?"

她笑了："没错，你们要的就是鸡块炖土豆汤。"

我也笑了："那就要鸡块炖土豆汤。"

她望望我和妻子，像考试成绩不错得到了表扬似的，高声向后厨报着菜名："鸡块炖土豆汤！"高兴地风摆柳枝走去。

刚才和小姑娘的对话，让我和妻子在那一瞬间都想起了儿子。思念，一下子变得那么近，近得可触可摸，就在只隔几排座位的那个位子上，走过去，一伸手，就能够抓到。两个多月前，儿子要离开我们回美国读书的时候，特意带我们到这家小馆，让我们尝尝他和他的同学的青春滋味。那一次，他特别向我们推荐了这个鸡块炖土豆汤，他说他和他的同学都特别爱喝，每次来都点这个土豆汤，让我们一定要尝尝。因为儿子临行前的时间安排得很满，我和妻子知道，那一次也是他和我们的告别宴。所以，那一次的土豆汤，我们喝得格外慢，边聊边喝，临行密密缝一般，彼此嘱咐着，诉说着没完没了的话，一直从中午喝到了黄昏，一锅汤让服务员续了几次汤，又热了几次。许多的味道，浓浓的，都搅拌在那土豆汤里了。

不过，事情已经过去了两个多月，我都忘记了到底喝的什么土豆汤了，这个胖乎乎的小姑娘居然还能够如此清楚地记得我们喝的是鸡块炖土豆汤,而且记得我们坐的具体位置,真让我有些奇怪。小馆二十四小时营业,一直热闹非常,来来往往那么多的客人,点的那么多不同品种的菜和汤,她怎么就能够一下子记住了我们,而且准确无误地判断出那就是我们的儿子,同时记住了我们要的是什么样的土豆汤?这确实让我好奇,百思不解。

汤上来了,鸡块炖土豆汤,浓浓的,热气缭绕,清香味扑鼻,抿了一小口,两个多月前的味道和情景立刻又回到了眼前,熟悉而亲切,仿佛儿子就坐在面前。

"是吧,是这个土豆汤吧?"小姑娘望着我,笑着问我。

"是,就是这个汤。"

然后,我问小姑娘:"你怎么记得我们当初要的是这个汤?"

她笑笑,望望我和妻子,没有说话,转身走去。

那一天下午的土豆汤,我们喝得很慢。

结完账,临走的时候,小姑娘早早地等候在门口,为我们撩起珠子串起的门帘,向我们道了声再见。我心里的谜团没有解开,刚才一边喝着汤一边还在琢磨,小姑娘怎么就能够那么清楚地记得我们和儿子那次到这里来吃饭坐的位置和要的土豆汤？总觉得一定是有原因的。那么，是什么原因呢？是因为那一次我们的土豆汤喝得太慢，麻烦让她来回热了好几次的缘故，让她记住了？还是因为来这家小馆的大多是附近年轻的大学生，一下子出现我们这样大年纪的客人，显得格外扎眼？我不大甘心，出门前再一次问她："小姑娘，你是怎么就能记住我们要的是鸡块炖土豆汤的呢？"

她还是那样抿着嘴微微地笑着，没有回答。

我只好夸奖她："你真是好记性！"

一路上，我和妻子都一直嘀咕着这个小姑娘和对于我们有些奇怪的土豆汤。星期天，和儿子通电话时，我对他讲起了这件事，他也非常好奇，一个劲儿直问我："这太有意思了，你没问问她到底是怎么回事吗？"我告诉他："我问了，小姑娘光是笑，不回答我为什么呀。"

被人记住，总是一件让人高兴的事，不过，对于我们一家三口，这确实是一个谜。也许，人生本来就有许多解不开的谜，让生活充满着迷离的想象，让人和人之间有着神奇的交流，让庸常的日子有了温馨的念想和悬念。

又过去了好几个月，树叶都渐渐地黄了，天都渐渐地冷了。那天下午，还是两点多钟，我去中关村办事，那家小馆，那个小姑娘，和那锅鸡块炖土豆汤，立刻又从沉睡中苏醒过来似的，闯进我的心头。离着不远，干吗不去那里再喝一喝鸡块炖土豆汤？便一拐弯儿，又进了那家小馆。

因为不是饭点儿，小馆里依然很清静，不过，里面已经有了客人，一男一女正面对面坐着吃饭，蒸腾的热气弥漫在他们的头顶。见我进门，一个小伙子迎上前来，让我坐下，递给我菜谱。我正奇怪，服务员怎么换成了男的，那个小姑娘哪里去了？扭头看见了那一对面对面坐在那里吃饭的人中的那个女的，就是那个胖乎乎的小姑娘，对面坐着的是一个年龄大约四五十岁的男人，看那模样长得和小姑娘很像，不用说，一定是她的父亲。小姑娘也看见了我，向我笑笑，算是打了招呼。

我要的还是鸡块炖土豆汤。因为炖汤要有一些时间，我走过去和小姑娘聊天，看见他们父女俩要的也是鸡块炖土豆汤。我笑了，她也笑了，那笑中含有的意思，只有我们两人明白，她的父亲看着有些蹊跷。

我问："这位是你父亲？"

她点点头，有些兴奋地说："刚刚从老家来。我都和我爸爸好几年没有见了。"

"想你爸爸了!"

她笑了,她的父亲也很憨厚地笑着,望望我,又望望女儿。

难得的父女相见,我能想象得出,一定是女儿跑到北京打工好几年了,终于有了父女见面的机会,是难得的。我不想打搅他们,走回自己的座位,要了一瓶啤酒,静静地等我的土豆汤。我的心里充满着感动,我忽然明白了,这个小姑娘当初为什么一下子就记住了我们和儿子,记住了我们要的土豆汤。人同此情,情同此理,没有比亲人之间分别的思念和相逢的欢欣,更能够让人感动和难忘的了。亲情,在那一刻流淌着,洇湿了所有的时间和空间的距离。

土豆汤上来了,抬头一看,我没有想到,是小姑娘为我端上来的。我还没有责怪她怎么不陪父亲,她已经看出了我的意思,先对我说:"我们店里的人手少,老板让我和我爸爸一起吃饭,已经是很不错了。"和上次她像个扎嘴的葫芦大不一样,她的话明显多了起来。说罢,她转身走去,走到她父亲的旁边,从袅娜的背影,也能看出她的快乐。

那一个下午,我的土豆汤喝得很慢。我看见,小姑娘和她爸爸的那一锅土豆汤喝得也很慢。

上海菜市场

季羡林

上海尽有看不够数不清的高楼大厦，跑不完走不尽的大街小巷，满目琳琅的玻璃橱窗，车水马龙的繁华闹市，但是，我们的许多外国朋友却偏要去看一看早晨的菜市场。这是完全可以理解的。我们刚到上海的时候不是也想到菜市上去看一看吗？

那还是几年前的一个早晨，在太阳刚刚升起来的时候，踏着熹微的晨光，到一个离旅馆不远的菜市场去。

到了邻近菜市场的地方，市场的气氛就逐渐浓了起来。熙熙攘攘的人群，摩肩擦背，来来往往。许多老大娘的菜篮子里装满了蔬菜海味鸡鸭鱼肉。有的篮子里活鱼在摇摆着尾巴,肥鸡在咯咯地叫着。老大娘带着一脸笑意,满怀愉快,走回家去。

一走进菜市场,仿佛走进了另一个世界。这里面五光十色,令人眼花缭乱。但是,仔细一看,所有的东西却又都摆得整整齐齐,有条不紊。菜摊子、肉摊子、鱼虾摊子、水果摊子,还有其他的许许多多的摊子,分门别类,秩序井然,又各有特点,互相辉映。你就看那蔬菜摊子吧。这里有各种不同的颜色:紫色的茄子、白色的萝卜、红色的西红柿、绿色的小白菜,纷然杂陈,交光互影。这里又有各种不同的线条:大冬瓜又圆又粗,豆荚又细又长,白菜的叶子又扁又宽。就这样,不同的颜色,不同的线条,紧密地摆在一起,于纷杂中见统一。我的眼一花,我觉得,眼前不是什么菜摊子,而是一幅出自名家手笔的色彩绚丽、线条鲜明的油画或水彩画。

不只菜摊子是这样,其他的摊子也莫不如此。卖鱼的摊子上,活鱼在水里游泳,十几斤重的大鲤鱼躺在案板上。卖鸡鸭的摊子上,鸡鸭在笼子里互相召唤。卖肉的摊子上,整片的猪肉、牛肉和羊肉挂在那里。在其他的摊子上,鸡蛋和鸭蛋堆得像小山,一个个闪着耀眼的白光。咸肉和板鸭成排挂在架子上,肥得仿佛就要滴下油来。水果摊子更是琳琅满目。肥大的水蜜桃、大个儿的西瓜、又黄又圆的香瓜、白嫩的鲜藕，摆在一起，竞妍斗艳。我眼前仿佛看到葳蕤的果子园、十里荷香的池塘、翠叶离离的瓜地，难道这不是一幅美妙无比的图画吗？

说是图画，这只是一时的幻象。说真的，任何图画也比不上这一些摊子。图画里面的东西是死的、不能动的，这里的东西却随时在流动。原来摆在架子上的东西，一转眼已经到了老大娘的菜篮子里。她们站在摊子前面，眯细了眼睛，左挑右拣，直到选中了自己想买的东西为止。至于价钱，她们是不发愁的，因为东西都不贵。结果是皆大欢喜，在一片闹闹嚷嚷的声中，大家都买到了中意的东西。她们原来的空篮子不久就满了起来。当她们转回家去的时候，她们手中的篮子也像是一幅幅美丽的图画了。

我们的外国朋友是住在旅馆里的，什么东西都不缺少。但是他们看到这些美丽诱人的东西，一方面啧啧称赞，一方面又跃跃欲试，也都想买点什么。有人买了几个大香瓜，有人买了几斤西红柿，还有人买了一些豆腐干。这样就会使本来已经很丰富的餐桌更加丰富多彩。我们的外国朋友也皆大欢喜了。

街上的孩子

汪曾祺

一

街上看见小儿祈雨,二十多个孩子,大的十来岁,最小的才四五岁,抬着两顶柏枝扎成的亭子轿子之类东西,里面烧香,香烟从密密的柏叶之间袅袅透出,气味极浓。前面几个敲糖锣小鼓,多半徒手。敲小鼓的两个,他们很想敲出一个调子,可是老有参差。看他们眼睛,他们为此苦恼。一心努力于维持凑合那个节奏,似已忘却一切。到别人同声高唱那支求雨的歌谣时,便赶紧煞住鼓声和着一起唱。当大人一说"求雨去",这声音熏沐他们,让他们结晶。这使他们快乐，一种难得的不凡的经验，一种享受。而从享受，从忘记一切的沉酣状态正可以引出热诚。他们念"小小儿童哭哀哀，撒下秧苗不得栽"，是倾全部感情而叫出来的，他们全身肌肉都颤动。这些孩子脸上都有一种怪样的严肃，一种悲剧的严肃，好像正做着一件了不起的事。这些香烟，柏枝，哑哑的锣鼓，这支简单的歌，这穿在纷乱喧闹中的一股为一种"神圣"所聚的力，像大海中一股暗流，这在他们身上产生一种近似疯狂的情绪。

二

自从一个学生物的朋友告诉我，蝗虫有五只眼睛，两只复眼，（复眼，想想我第一次知道这个东西的时候！）三只单眼，我就一直很想告诉一个孩子。

我们在大街上，在武成路，晚上八点钟，正是最热闹的时候，我们一路走过来，一路东张西望。我们发现许多很有趣的事情。我们同时驻足了：两个孩子，在八点多钟的武成路，在汽车、无线电、电灯，在黄色显得是纯白，红色发了一点紫的武成路边上，两个孩子蹲着。他们蹲在那里，正像蹲在一棵大树的阴影底下，在一边潺潺的溪水旁边一样。他们干甚么？嘿，他们在找石缝里的土狗子哩！

三

我们在小西门外一个小酒馆的檐外看见一个卖种子的。他有不少种子，扁豆，油菜，葫芦，丝瓜，苞谷，甜椒，茄子，还有那种开美丽蓝色单瓣小花，结了籽儿乡下人放在粑粑里吃的东西，许多不知名，不认识的东西，每一样都极其干净漂亮，有乡下人来买，用手点点这个抓抓那个，卖的人就跟着看看这，看看那，彼此细细的谈着。这些种子把他们沟通起来。他们正在合作，共同完成一个爱情，爱那些种子。他们依照他们习惯，都蹲着，都抽金堂叶子烟。你正说，总觉得卖种子的比一般乡下人要"高"，一种令人感动的职业，而我们一回头，我们看见另外一件事。

一个大约十四五岁的孩子，坐在他家米铺子门前堆积的米包上，他面前四五尺人行道上有一张对折的关金券。从那孩子脸上的蹊跷表情，你发现那张票子拴了一根黑线，线牵在那孩子藏在背后的手里。我们看了半天，并未有人去捡，有几个人经过,都没看见。那孩子(孩子!)始终挂一脸那种古怪表情,他等待胜利,一个狂喜就要炸出来,不大禁压得住,他用力闭他的嘴,嘴角刻纹,他颔下肌肉都紧张了。他的自满(自满于杰作的发明?)比谲秘多。这孩子!无疑有一种魔鬼的聪明。我简直不知对他怎么好。我想刷他一个耳光么?没有,我没有。真是,见你的鬼,我走了!

半日的游程

郁达夫

去年有一天秋晴的午后,我因为天气实在好不过,所以就搁下了当时正在赶着写的一篇短篇的笔,从湖上坐汽车驰上了江干。在儿时习熟的海月桥、花牌楼等处闲走了一阵,看看青天,看看江岸,觉得一个人有点寂寞起来了,索性就朝西的直上,一口气便走到了二十几年前曾在那里度过半年学生生活的之江大学的山中。

二十年的时间的印迹,居然处处都显示了面形:从前的一片荒山,几条泥路,与夫乱石幽溪,草房藩溷,现在都看不见了。尤其要使人感觉到我老何堪的,是在山道两旁的那一排青青的不凋冬树;当时只同豆苗似的几根小小的树秧,现在竟长成了可以遮蔽风雨，可以掩障烈日的长林。不消说，山腰的平处，这里那里，一所所的轻巧而经济的住宅，也添造了许多；像在画里似的附近山川的大致，虽仍依阳，但校址的周围，变化却竟簇生了不少。第一，从前在大礼堂前的那一丝空地，本来是下临绝谷的半边山道，现在却已将面前的深谷填平，变成了一大球场。大礼堂西北的略高之处，本来是有几枝被朔风摧折得弯腰屈背的老树孤立在那里的，现在却建筑起了三层的图书文库了。二十年的岁月！三千六百日的两倍的七千二百日的日子！以这一短短的时节，来比起天地的悠长来，原不过是像白驹的过隙，但是时间的威力，究竟是绝对的暴君，曾日月之几何，我这一个本在这些荒山野径里驰骋过的毛头小子，现在也竟垂垂老了。

一路上走着看着，又微微地叹着，自山的脚下，走上中腰，我竟费去了三十来分钟的时刻。半山里是一排教员的住宅，我的此来，原因为在湖上在江干孤独得怕了，想来找一位既是同乡，又是同学，而自美国回来之后就在这母校里服务的胡君，和他来谈谈过去，赏赏清秋，并且也可以由他这里来探到一点故乡的消息的。

两个人本来是上下年纪的小学校的同学，虽然在这二十几年中见面的机会不多，但或当暑假，或在异乡，偶尔遇着的时候，却也有一段不能自已的柔情，油然会生起在各个的胸中。我的这一回的突然的袭击，原也不过是想使他惊骇一下，用以加增加增亲热的效力的企图；升堂一见，他果然是被我骇倒了。

"哦！真难得！你是几时上杭州来的？"他惊笑着问我。

"来了已经多日了，我因为想静静儿地写一点东西，所以朋友们都还没有去看过。今天实在天气太好了，在家里坐不住，因而一口气就跑到了这里。"

"好极！好极！我也正在打算出去走走，就同你一道上溪口去吃茶去吧，沿钱塘江到溪口去的一路的风景，实在是不错！"

沿溪入谷，在风和日暖、山近天高的田塍道上，二人慢慢地走着，谈着，走到九溪十八涧的口上的时候，太阳已经斜到了去山不过丈来高的地位了。在溪房的石条上坐落，等茶庄里的老翁去起茶煮水的中间，向青翠还像初春似的四山一看，我的心坎里不知怎么，竟充满了一股说不出的飒爽的清气。两人在路上，说话原已经说得很多了，所以一到茶庄，都不想再说下去，只瞪目坐着，在看四周的山和脚下的水，忽而嘘朔朔朔的一声，在半天里，晴空中一只飞鹰，像霹雳似的叫过了，两山的回音，更缭绕地震动了许多时。我们两人头也不仰起来，只竖起耳朵，在静听着这鹰声的响过。回响过后，两人不期而遇地将视线凑集了拢来，更同时破颜发了一脸微笑，也同时不谋而合地叫了出来说：

"真静啊！"

"真静啊！"

等老翁将一壶茶搬来，也在我们边上的石条上坐下，和我们攀谈了几句之后，我才开始问他说：

"久住在这样寂静的山中，山前山后，一个人也没有得看见，你们倒也不觉得怕的么？"

"怕啥东西？我们又没有龙连（钱），强盗绑匪，难道肯到孤老院里来讨饭吃的么？并且春三二月，外国清明，这里的游客，一天也有好几千。冷清的，就只不过这几个月。"

我们一面喝着清茶，一面只在贪味着这阴森得同太古似的山中的寂静，不知不觉，竟把摆在桌上的四碟糕点都吃完了；老翁看了我们的食欲的旺盛，就又推荐着他们自造的西湖藕粉和桂花糖说：

"我们的出品，非但在本省口碑载道，就是外省，也常有信来邮购的，两位先生冲一碗尝尝看如何？"

大约是山中的清气，和十几里路的步行的结果吧，那一碗看起来似鼻涕，吃起来似泥沙的藕粉，竟使我们嚼出了一种意外的鲜味。等那壶龙井芽茶，冲得已无茶味，而我身边带着的一封绞盘牌也只剩了两枝的时节，觉得今天是行得特别快的那轮秋日，早就在西面的峰旁躲去了。谷里虽掩下了一天阴影，而对面东首的山头，还映得金黄浅碧，似乎是山灵在预备去赴夜宴而铺陈着浓装的样子。我昂起了头，正在赏玩着这一幅以青天为背景的夕照的秋山，忽所见耳旁的老翁以富有抑扬的杭州土音计算着账说：

"一茶，四碟，二粉，五千文！"

我真觉得这一串话是有诗意极了，就回头来叫了一声说：

"老先生！你是在对课呢？还是在做诗？"

他倒惊了起来，张圆了两眼呆视着问我：

"先生你说啥话语？"

"我说，你不是在对课么？三竺六桥，九溪十八涧，你不是对上了'一茶四碟，二粉五千文'了么？"

说到了这里，他才摇动着胡子，哈哈地大笑了起来，我们也一道笑了。付账起身，向右走上了去理安寺的那条石砌小路，我们俩在山嘴将转弯的时候，三人的呵呵呵呵的大笑的余音，似乎还在那寂静的山腰，寂静的溪口，作不绝如缕的回响。

邻居

庐隐

别了,繁华的闹市!当我们离开我们从前的住室门口的时候,恰恰是早晨七点钟。那耀眼的朝阳正照在电车线上,发出灿烂的金光,使人想象到不可忍受的闷热。而我们是搭上市外的电车,驰向那屋舍渐稀的郊野去;渐渐看见陂陀起伏的山上,林木葱茏,绿影婆娑,丛竹上满缀着清晨的露珠,兀自向人闪动。一阵阵的野花香扑到脸上来,使人心神爽快。经过三十分钟,便到我们的目的地。

在许多整饬的矮墙里,几株娇艳的玫瑰迎风袅娜,经过这一带碧绿的矮墙南折,便看见那一座郁郁葱葱的松柏林,穿过树林,就是那些小巧精洁的日本式的房屋掩映于万绿丛中。微风吹拂，树影摩荡，明窗净几间，帘幔低垂，一种幽深静默的趣味，顿使人忘记这正是炎威犹存的残夏呢。

我沿着鹅卵石垒成的马路前进，走约百步，便见斜刺里有一条窄窄的草径，两旁长满了红蓼白荻和狗尾草，草叶上朝露未干，沾衣皆湿。草底鸣虫唧唧，清脆可听。草径尽头一带竹篱，上面攀缘着牵牛茑萝，繁花如锦，清香醉人。就在竹篱内，有一所小小精舍，便是我们的新家了。淡黄色木质的墙壁、门窗和米黄色的地席，都是纤尘不染。我们将很简单的家具稍稍布置以后，便很安然地坐下谈天。似乎一个月以来奔波匆忙的身心，此刻才算是安定了。

但我们是怎么的没有受过操持家务的训练呵！虽是一个很简单的厨房，而在我这一切生疏的人看来，真够严重了。怎样煮饭——一碗米应放多少水，煮肉应当放些什么浇料呵！一切都不懂，只好凭想象力一件件的去尝试。这其中最大的难题是到后院井边去提水，老大的铅桶，满满一桶水真够累人的。我正在提着那亮晶晶发光的水桶不知所措的时候，忽见邻院门口走来一个身躯很大、满面和气的日本女人——那正是我们头一次拜访的邻居胖太太——我们不知道她姓什么，可是我们赠送她这个绰号，总是很适合吧！

她走到我们面前，向我们咕里咕噜说了几句日本话，我们简直一句也不懂，只有瞪着眼向她呆笑。后来她接过我手里的水桶，到井边满满的汲了一桶水，放在我们的新厨房里。她看见我们新买来的锅呀、碗呀，上面都微微沾了一点灰尘，她便自动地替我们一件一件洗干净了，又一件件安置得妥妥帖帖，然后她鞠着躬说声サセラナラ（再见）走了。

据说这位和气的邻居，对中国人特别有感情，她曾经帮中国人做过六七年的事，并且，她曾嫁过一个中国男人，……不过人们谈到她的历史的时候，都带着一种猜度的神气，自然这似乎是一个比较神秘的人儿呢，但无论如何，她是我们的好邻居呵！

她自从认识我们以后，没事便时常过来串门。她来的时候，多半是先到厨房，遇见一堆用过的锅碗放在地板上，或水桶里的水用完了，她就不用吩咐地替我们洗碗打水。有时她还拿着些泡菜、辣椒粉之类零星物件送给我们。这种出乎我们意外的热诚，不禁使我有些赧然。

当我没有到日本以前，在天津大阪公司买船票时，为了一张八扣的优待券——那是由北平日本公使馆发出来的——同那个留着小胡子的卖票员捣了许久的麻烦。最后还是拿到天津日本领事馆的公函，他们这才照办了。而买票找钱的时候，只不过一角钱，那位含着狡狯面相的卖票员竟让我们等了半点多钟。当时我曾赌气牺牲这一角钱，头也不回地离开那里。他们这才似乎有些过不去，连忙喊住我们，从桌子的抽屉里拿出一角钱给我们。这样尖酸刻薄的行为，无处不表现岛里细民的小气。真给我一个永世不会忘记的坏印象。

及至我上了长城丸（日本船名）时，那两个日本茶房也似乎带着些欺侮人的神气。比如开饭的时候，他们总先给日本人开，然后才轮到中国人。至于那些同渡的日本人，有几个男人嘴脸之间时时表现着夜郎自大的气概。——那些日本女人呢，个个对于男人低首下心，柔顺如一只小羊。这虽然惹不起我们对她们的愤慨，却使我们有些伤心，"世界上最没有个性的女性呵，你们为什么情愿作男子的奴隶和傀儡呢！"我不禁大声地喊着，可惜她们不懂我的话，大约以为我是个疯子吧。

总之我对于日本人从来没有好感，豺狼虎豹怎样凶狠恶毒，你们是想象得出来的，而我也同样的想象那些日本人呢。

但是不久我便到了东京,并且在东京住了两个礼拜了。我就觉得我太没出息——心眼儿太窄狭,日本人——在我们中国横行的日本人,当然有些可恨,然而在东京我曾遇见过极和蔼忠诚的日本人,他们对我们客气,有礼貌,而且极热心地帮忙,的确的,他们对待一个异国人,实在比我们更有理智更富于同情些。至于做生意的人,无论大小买卖,都是言不二价,童叟无欺——现在又遇到我们的邻居胖太太,那种慈和忠实的行为,更使我惭愧我的小心眼了。

我们的可爱的邻居,每天当我们煮饭的时候,她就出现在我们的厨房门口。

"奥サン(太太)要水吗?"柔和而熟习的声音每次都激动我对她的感愧。她是怎样无私的人儿呢!有一天晚上,我从街上回来,穿着一件淡青色的绸衫,因为时间已晏,忙着煮饭,也顾不得换衣服,同时又怕弄脏了绸衫,我就找了一块白包袱权作围裙,胡乱地扎在身上,当然这是有些不舒服的。正在这时候,我们的邻居来了。她见了我这种怪样,连忙跑到她自己房里,拿出一件她穿着过于窄小的白围裙送给我,她说:"我现在胖了,不能穿这围裙,送给你很好。"

她说时，就亲自替我穿上，前后端详了一阵，含笑学着中国话道："很好！很好！"

她胖大的身影，穿过遮住前面房屋的树丛，渐渐的看不见了。而我手里拿着炒菜的勺子，竟怔怔地如同失了魂。唉！我接受了她的礼物，竟忘记向她道谢，只因我接受了她的比衣服更可宝贵的仁爱，将我惊吓住了；我深自忏悔，我知道世界上的人类除了一部分为利欲所沉溺的以外，都有着丰富的同情和纯洁的友谊，人类的大部分毕竟是可爱的呵！

我们的邻居，她再也想不到她在一些琐碎的小事中给了我偌大的启示吧。愿以我的至诚向她祝福！

年轻时就应该去远方漂泊。

漂泊,会让他见识到他没有见到过的东西,

让他的人生半径像水一样蔓延得更宽更远。

第二章

风在很远的地方,去去也无妨

年轻时应该去远方

肖复兴

寒假的时候,儿子从美国发来一封电子邮件,告诉我利用这个假期,他要开车从他所在的北方出发到南方去,并画出了一共要穿越十一个州的路线图。出发后的第三天,他在得克萨斯州的首府奥斯汀打来电话,兴奋地对我说这里有写过《最后一片叶子》的作家欧·亨利的博物馆,而在昨天经过孟菲斯城时,他参谒了摇滚歌星猫王的故居。

我羡慕他,也支持他,年轻时就应该去远方漂泊。漂泊,会让他见识到他没有见到过的东西,让他的人生半径像水一样蔓延得更宽更远。

我想起有一年初春的深夜,我独自一人在西柏林火车站

第二章　风在很远的地方，去去也无妨

等候换乘的火车，寂静的站台上只有寥落的几个候车的人，其中一个像是中国人，我走过去一问，果然是，他是来接人的。我们闲谈起来，知道了他是从天津大学毕业到这里学电子的留学生。他说了这样的一句话，虽然已经过去了十多年，我依然记忆犹新："我刚到柏林的时候，兜里只剩下了十美元。"就是怀揣着仅仅的十美元，他也敢于出来闯荡，我猜想得到他为此所付出的代价，异国他乡，举目无亲，餐风露宿，漂泊是他的命运，也成为他的性格。

我也想起我自己，比儿子还要小的年纪，驱车北上，跑到了北大荒。自然吃了不少的苦，北大荒的"大烟泡儿"一刮，就先给我了一个下马威，天寒地冻，路远心迷，仿佛已经到了天外，漂泊的心如同断线的风筝，不知会飘落在哪里。但是，它让我见识到了那么多的痛苦与残酷的同时，也让我触摸了那么多美好的乡情与故人，而这一切不仅谱就了我当初青春的谱线，也成为我今天难忘的回忆。

没错，年轻时心不安分，不知天高地厚，想入非非，把远方想象得那样好，才敢于外出漂泊。而漂泊不是旅游，肯定是要付出代价的，品尝人生的一些滋味，也绝不是如同冬天坐在暖烘烘的星巴克里啜饮咖啡。但是，也只有年轻时才

有可能去漂泊。漂泊，需要勇气，也需要年轻的身体和想象力，如此便收获了只有在年轻时才能够拥有的收获，以及以后你年老时的回忆。人的一生，如果真的有什么事情叫作无愧无悔的话，在我看来，就是你的童年有游戏的欢乐，你的青春有漂泊的经历，你的老年有难忘的回忆。

一辈子总是待在舒适的温室里，再是宝鼎香浮、锦衣玉食，也会弱不禁风，消化不良的；一辈子总是离不开家的一步之遥，再是严父慈母、娇妻美妾，也会目光短浅，膝软面薄的。青春时节，更不应该让自己的心锚一样过早地沉入窄小而琐碎的泥沼里，沉船一样跌倒在温柔之乡，在网络的虚拟中和在甜蜜蜜的小巢中，酿造自己龙须面一样细腻而细长的日子，消耗着自己的生命，让自己未老先衰变成了一只蜗牛，只能够在雨后的瞬间从沉重的躯壳里探出头来，望一眼灰蒙蒙的天空，便以为天空只是那样地大，那样地脏兮兮。

青春，就应该像是春天里的蒲公英，即使力气单薄、个头又小，还没有能力长出飞天的翅膀，借着风力也要吹向远方；哪怕是飘落在你所不知道的地方，也要去闯一闯未开垦的处女地。这样，你才会知道世界不再只是一扇好看的玻璃窗，你才会看见眼前不再只是一堵堵心的墙。你也才能够品味出，日子不再只是白日里没完没了的堵车、夜晚时没完没了的电视剧和家里不断升级的鸡吵鹅叫、单位里波澜不惊的明争暗斗。

意大利人尽皆知的探险家马可·波罗，十七岁就曾经随其父亲和叔叔远行到小亚细亚，二十一岁独自一人游历整个中国。英国著名的航海家库克船长，二十一岁在北海的航程中第一次实现了他野心勃勃的漂泊梦。奥地利的音乐家舒伯特，二十岁那年离开家乡，开始了他维也纳的贫寒的艺术漂泊。我国的徐霞客，二十二岁开始了他历尽艰险的漂泊，行万里路，读万卷书……当然，我还可以举出如今被称为"北漂一族"——那些生活在北京农村简陋住所的人，也都是在年轻的时候开始了他们最初的漂泊。年轻，就是漂泊的资本，是漂泊的通行证，是漂泊的护身符。而漂泊，则是年轻的梦的张扬，是年轻的心的开放，是年轻的处女作的书写。因此，哪怕那漂泊是如同舒伯特的《冬之旅》一样，茫茫一片，天地悠悠，前无来路，后无归途，铺就着未曾料到的艰辛与磨难，也是值得去尝试一下的。

我想起泰戈尔在《新月集》里写过的诗句："只要他肯把他的船借给我，我就给它安装一百支桨，扬起五个或六个或七个布帆来。我绝不把它驾驶到愚蠢的市场上去……我将带我的朋友阿细和我做伴。我们要快快乐乐地航行于仙人世界里的七个大海和十三条河道。我将在绝早的晨光里张帆航行。中午,你正在池塘洗澡的时候,我们将在一个陌生的国王的国土上了。"那么,就把自己放逐一次吧,就借来别人的船张帆出发吧,就别到愚蠢的市场去,而先去漂泊远航吧。只有年轻时去远方漂泊,才会拥有这样充满泰戈尔童话般的经历和收获,那不仅是他书写在心灵中的诗句,也是你镌刻在生命里的年轮。

祖父的园子（节选）

萧红

呼兰河这小城里边住着我的祖父。

我生的时候，祖父已经六十多岁了，我长到四五岁，祖父就快七十了。

我家有一个大花园，这花园里蜂子，蝴蝶，蜻蜓，蚂蚱，样样都有。蝴蝶有白蝴蝶，黄蝴蝶。这种蝴蝶极小，不太好看。好看的是大红蝴蝶，满身带着金粉。

蜻蜓是金的，蚂蚱是绿的。蜂子则嗡嗡的飞着，满身绒毛，落到一朵花上，胖圆圆的就和一个小毛球似的不动了。

花园里边明晃晃的，红的红，绿的绿，新鲜漂亮。

据说这花园，从前是一个果园。祖母喜欢吃果子就种了果园。祖母又喜欢养羊,羊就把果树给啃了。果树于是都死了。到我有记忆的时候,园子里就只有一棵樱桃树,一棵李子树,因为樱桃和李子都不大结果子,所以觉得它们是并不存在的。小的时候,只觉得园子里边就有一棵大榆树。

这榆树,在园子的西北角上,来了风,这榆树先啸,来了雨,大榆树先就冒烟了。太阳一出来,大榆树的叶子就发光了,它们闪烁得和沙滩上的蚌壳一样了。

祖父一天都在后园里边,我也跟着祖父在后园里边。祖父戴一个大草帽,我戴一个小草帽,祖父栽花,我就栽花;祖父拔草,我就拔草。当祖父下种,种小白菜的时候,我就跟在后边,把那下了种的土窝,用脚一个一个的溜平,哪里会溜得准,东一脚、西一脚地瞎闹。有的菜种不单没被土盖上,反而被踢飞了。

小白菜长得非常之快,没有几天就冒了芽了。一转眼就可以拔下来吃了。

祖父铲地,我也铲地。因为我太小,拿不动那锄头杆,祖父就把锄头杆拔下来,让我单拿着那个锄头的"头"来铲。其实哪里是铲,也不过爬在地上,用锄头乱勾一阵就是了。也认不得哪个是苗,哪个是草。往往把韭菜当作野草一起的割掉,把狗尾草当作谷穗留着。

等祖父发现我铲的那块满留着狗尾草的一片,他就问我:

"这是什么?"

我说:

"谷子。"

祖父大笑起来,笑得热了,把草摘下来问我:

"你每天吃的就是这个吗?"

我说:

"是的。"

我看着祖父还在笑,我就说:

"你不信,我到屋里拿来你看。"

我跑到屋里,拿了鸟笼上的一头谷穗,远远地就抛给祖父了。说:"这不是一样的吗?"

祖父慢慢地把我叫过去,讲给我听,说谷子是有芒针的。狗尾草则没有,只是毛嘟嘟的真像狗尾巴。

祖父虽然教我,我看了也并不细看,也不过马马虎虎承认下来就是了。一抬头看见了一个黄瓜长大了,跑过去摘下来,我又去吃黄瓜去了。

黄瓜也许没有吃完，又看见了一个大蜻蜓从旁飞过，于是丢了黄瓜又去追蜻蜓去了。蜻蜓飞得多么快，哪里会追得上。好则一开初也没有存心一定追上。所以站起来，跟了蜻蜓跑了几步就又去做别的去了。

采一个倭瓜花心，捉一个大绿豆青蚂蚱，把蚂蚱腿用线绑上，绑了一会儿，也许把蚂蚱腿就绑掉，线头上只拴了一条腿，而不见蚂蚱了。

玩腻了，又跑到祖父那里去乱闹一阵。祖父浇菜，我也抢过来浇，奇怪的就是并不往菜上浇，而是拿着水瓢，拼尽了力气，把水往天空里一扬，大喊着：

"下雨了，下雨了。"

太阳在园子里是特大的，天空是特别高的，太阳的光芒四射，亮得使人睁不开眼睛，亮得蚯蚓不敢钻出地面来，蝙蝠不敢从什么黑暗的地飞出来。是凡在太阳下的，都是健康的，漂亮的，拍一拍连大树都会发响的，叫一叫就是站在对面的土墙都会回答似的。

花开了，就像花睡醒了似的。鸟飞了，就像鸟上天了似的。虫子叫了，就像虫子在说话似的。一切都活了。都有无限的本领，要做什么，就做什么。要怎么样，就怎么样。都是自由的。倭瓜愿意爬上架就爬上架，愿意爬上房就爬上房。黄瓜愿意开一个谎花，就开一个谎花，愿意结一个黄瓜就结一个黄瓜。若都不愿意，就是一个黄瓜也不结，一朵花也不开，也没有人问它似的。玉米愿意长多高就长多高，它若愿意长上天去，也没有人管。蝴蝶随意的飞，一会从墙头上飞来一对黄蝴蝶，一会又从墙头上飞走了一个白蝴蝶。它们是从谁家来的，又飞到谁家去？太阳也不知道这个。

只是天空蓝悠悠的，又高又远。

可是白云一来了的时候，那大团的白云，好像翻了花的白银似的，从祖父的头上经过，好像要压到了祖父的草帽那么低。

我玩累了，就在房檐底下找个阴凉的地方睡着了。不用枕头，不用席子，就把草帽扣在脸上就睡了。

竹影

丰子恺

吃过晚饭后,天气还是闷热。窗子完全打开了,房间里还坐不牢。太阳虽已落山,天还没有黑。一种幽暗的光弥漫在窗际,仿佛电影中的一幕。我和弟弟就搬了藤椅子,到屋后的院子里去乘凉。

天空好像一盏乏了油的灯,红光渐渐地减弱。我把眼睛守定西天看了一会儿,看见那光一跳一跳地沉下去,非常微细,但又非常迅速而不可挽救。正在看得出神,似觉眼梢头另有一种微光,渐渐地在那里强起来。回头一看,原来月亮已在东天的竹叶中间放出它的清光。院子里的光景已由暖色变成寒色,由长音阶变成短音阶了。门口一个黑影出现,好像一只立起的青蛙，向我们跳将过来。来的是弟弟的同学华明。

"唉，你们惬意得很！这椅子给我坐的？"他不待我们回答，一屁股坐在藤椅上，剧烈地摇他的两腿。椅子背所靠的那根竹，跟了他的动作而发抖，上面的竹叶发出萧萧的声音来。这引起了三人的注意，大家仰起头来向天空看。月亮已经升得很高，隐在一丛竹叶中。竹叶的摇动把它切成许多不规则的小块，闪烁地映入我们的眼中。大家赞美了一番之后，我说："我们今晚干些什么呢？"弟弟说："我们谈天吧。我先有一个问题给你们猜：细看月光底下的人影，头上出烟气。这是什么道理？"我和华明都不相信，于是大家走出竹林外，蹲下来看水门汀上的人影。我看了好久，果然看见头上有一缕一缕的细烟，好像漫画里所描写的动怒的人。"是口里的热气吧？""是头上的汗水在那里蒸发吧？"大家蹲在地上争论了一会儿，没有解决。华明的注意力却转向了别处，他从身边摸出一支半寸长的铅笔来，在水门汀上热心地描自己的影。描好了，立起来一看，真像一只青蛙，他自己看了也要笑。徘徊之间，我们同时发现了映在水门汀上的竹叶的影子，同声地叫起来："啊！好看啊！中国画！"

华明就拿半寸长的铅笔去描。弟弟手痒起来，连忙跑进屋里去拿铅笔。我学他的口头禅喊他："对起，对起，给我也带一支来！"不久他拿了一把木炭来分送我们。华明就收藏了他那半寸长的法宝，改用木炭来描。大家蹲下去，用木炭在水门汀上参参差差地描出许多竹叶来。一面谈着："这一枝很像校长先生房间里的横幅呢！""这一丛很像我家堂前的立轴呢！""这是《芥子园画谱》里的！""这是吴昌硕的！"忽然一个大人的声音在我们头上慢慢地响出来："这是管夫人的！"大家吃了一惊，立起身来，看见爸爸反背着手立在水门汀旁的草地上看我们描竹，他明明是来得很久了。华明难为情似的站了起来，把拿木炭的手藏在背后，似乎害怕爸爸责备他弄脏了我家的水门汀。爸爸似乎很理解他的意思，立刻对着他说道："谁想出来的？这画法真好玩呢！我也来描几瓣看。"弟弟连忙拣木炭给他。爸爸也蹲在地上描竹叶了，这时候华明方才放心，我们也更加高兴，一边描，一边拿许多话问爸爸：

"管夫人是谁？""她是一位善于画竹的女画家。她的丈夫名叫赵子昂，是一位善于画马的男画家。他们是元朝人，是中国很有名的两大夫妻画家。"

"马的确难画,竹有什么难画呢?照我们现在这种描法,岂不很容易又很好看吗?""容易固然容易,但是这么'依样画葫芦',终究缺乏画意,不过好玩罢了。画竹不是照真竹一样描,须经过选择和布置。画家选择竹的最好看的姿态,巧妙地布置在纸上,然后成为竹的名画。这选择和布置很困难,并不比画马容易。画马的困难在于马本身上,画竹的困难在于竹叶的结合上。粗看竹画,好像只是墨笔的乱撇,其实竹叶的方向、疏密、浓淡、肥瘦,以及集合的形体,都要讲究。所以在中国画法上,竹是一专门部分。平生专门研究画竹的画家也有。"

"竹为什么不用绿颜料来画,而常用墨笔来画呢?用绿颜料撇竹叶,不更像吗?""中国画不注重'像不像',不像西洋画那样画得同真物一样。凡画一物,只要能表现出像我们闭目回想时所见的一种神气,就是佳作了。所以西洋画像照相,中国画像符号。符号只要用墨笔就够了。原来墨是很好的一种颜料,它是红黄蓝三原色等量混合而成的。故墨画中看似只有一色,其实包罗三原色,即包罗世界上所有的颜色。故墨画在中国画中是很高贵的一种画法。故用墨来画竹,是最正当的。倘然用了绿颜料,就因为太像实物,反而失却神气。所以中国画家不喜欢用绿颜料画竹；反之，却喜欢用与绿相反的红色来画竹。这叫作'朱竹'，是用笔蘸了朱砂来撇的。你想，世界上哪有红色的竹？但这时候画家所描的，实在已经不是竹，而是竹的一种美的姿势、一种活的神气，所以不妨用红色来描。"爸爸说到这里，丢了手中的木炭，立起身来结束说："中国画大都如此。我们对中国画应该都取这样的看法。"

月亮渐渐升高了，竹影渐渐与地上描着的木炭线相分离，现出参差不齐的样子来，好像脱了版的印刷。夜渐深了，华明就告辞。"明天白天来看这地上描着的影子，一定更好看。但希望不要落雨，洗去了我们的'墨竹'。大家明天见！"他说着就出去了。我们送他出门。

我回到堂前，看见中堂挂着的立轴——吴昌硕描的墨竹，似觉更有意味。那些竹叶的方向、疏密、浓淡、肥瘦，以及集合的形体，似乎都有意义，表现着一种美的姿态、一种活的神气。

往事

沈从文

这事说来又是十多年了。

算来我是六岁。因为第二次我见到长子四叔时,他那条有趣的辫子就不见了。

那是夏天秋天之间。我仿佛还没有上过学。妈因怕我到外面同瑞龙他们玩时又打架,或是乱吃东西,每天都要靠到她身边坐着,除了吃晚饭后洗完澡同大哥各人拿五个小钱到道门口去买士元的凉粉外,剩下便都不准出去了!至于为甚又能吃凉粉?那大概是妈知道士元凉粉是玫瑰糖,不至吃后生病吧。本来那时的时疫也真凶,听瑞龙妈说,杨老六一家四口人,从十五得病,不到三天便都死了!

我们是在堂屋背后那小天井内席子上坐着的。妈为我从一个小黑洋铁箱子内取出一束一束方块儿字来念，她便膝头上搁着一个麻篮绩麻。弄子里跑来的风又凉又软，很易引人瞌睡，当我倒在席子上时，妈总每每停了她的工作，为我拿蒲扇来赶那些专爱停留在人脸上的饭蚊子。间或有个时候妈也会睡觉，必到大哥从学校夹着书包回来嚷肚子饿时才醒，那末，夜饭必定便又要晚一点了！

爹好像到乡下江家坪老屋去了好久了，有天忽然要四叔来接我们。接的意思四叔也不大清楚，大概也就是闻到城里时疫的事情吧。妈也不说什么，她知道大姐二姐都在乡里，我自然有她们料理。只嘱咐了四叔不准大哥到乡下溪里去洗澡。

因大哥前几天回来略晚，妈摸他小辫子还湿漉漉的，知他必是同几个同学到大河里洗过澡了，还重重地打了他一顿呢。四叔是一个长子，人又不大肥，但很精壮。妈常说这是会走路的人。铜仁到我凤凰是一百二十里蛮路，他能扛六十斤担子一早动身，不抹黑就到了，这怎么不算狠！他到了家时，便忙自去厨房烧水洗脚。那夜我们吃的夜饭菜是南瓜炒牛肉。

妈拣菜劝他时，他又选出无辣子的牛肉放到我碗里。真是好四叔呵！

那时人真小，我同大哥还是各人坐在一只箩筐里为四叔担去的！大哥虽大我五六岁，但在四叔肩上似乎并不什么不匀称。乡下隔城有四十多里，妈怕太阳把我们晒出病来，所以我们天刚一发白就动身，到行有一半的唐峒山时，太阳还红红的。到了山顶，四叔把我们抱出来各人放了一泡尿，我们便都坐在一株大刺栎树下歇憩。那树的权桠上搁了无数小石头，树左边又有一个石头堆成的小屋子。四叔为我们解说，小屋子是山神土地，为赶山打野猪人设的；树上石头是寄倦的：凡是走长路的人，只要放一个石头到树上，便不倦了。但大哥问他为甚不也放一个石子时，他却不作声。

他那条辫子细而长正同他身子一样。本来是挽放头上后再加上草帽的，不知是那辫子长了呢还是他太随意，总是动不动又掉下来，当我是在他背后那头时，辫子梢梢便时时在我头上晃。

"芸儿，莫闹！扯着我不好走！"

我伸出手扯着他辫子只是拽，他总是和和气气这样说。

"四满，到了？"大哥很着急地这么问。

"快了,快了,快了!芸弟都不急,你怎么这样慌?你看我跑!"他略略把脚步放快一点,大哥便又嚷摇的头痛了。

他一路笑大哥不济。

到时,爹正同姨婆五叔四婶他们在院中土坪上各坐在一条小凳上说话。姨婆有两年不见我了,抱了我亲了又亲。爹又问我们饿了不曾,其实我们到路上吃甜酒、米豆腐已吃胀了。上灯时,方见大姐、二姐、大姑、满姑各人手上提了一捆地萝卜进来。

我夜里便同大姐等到姨婆房里睡。

乡里有趣多了!既不什么很热,夜里蚊子也很少。大姐到久一点,似乎各样事情都熟习,第二天一早便引我去羊栏边看睡着比猫还小的白羊,牛栏里正歪起颈项在吃奶的牛儿。

我们又到竹园中去看竹子。那时觉得竹子实在是一种很奇怪的东西。本来城里的竹子,通常大到屠桌边卖肉做钱筒的已算出奇了!但后园里那些南竹,大姐教我去试抱一下时,两手竟不能相掺。满姑又为偷偷地到园坎上摘了十多个桃子。接着我们便跑到大门外溪沟边上拾得一衣兜花蚌壳。

事事都感到新奇：譬如五叔喂的那十多只白鸭子，它们会一翅从塘坎上飞过溪沟。夜里四叔他们到溪里去照鱼时，却不用什么网，单拿个火把，拿把镰刀。姨婆喂有七八只野鸡，能飞上屋，也能上树，却不飞去；并且，只要你拿一捧苞谷米在手，口中略略一逗，它们便争先恐后地到你身边来了。什么事情都有味。我们白天便跑到附近村子里去玩，晚上总是同坐在院中听姨婆学打野猪打獾子的故事。姨婆真好，我们上床时，她还每每为从大油坛里取出炒米、栗子同脆酥酥的豆子给我们吃！

后园坎上那桃子已透熟了，满姑一天总为我们去偷几次。

爹又不大出来，四叔五叔又从不说话，间或碰到姨婆见了时，也不过笑笑地说："小娥，你又忘记嚷肚子痛了！真不听讲——芸儿，莫听你满姑的话，吃多了要坏肚子！拿把我，不然晚上又吃不得鸡脯腿了！"

乡里去有场集的地方似乎并不很近，而小小村中除每五天逢一六赶场外通常都无肉卖。因此，我们几乎天天吃鸡，唯我一人年小，鸡的大腿便时时归我。

我们最爱看又怕看的是溪南头那坝上小碾房的磨石同自

动的水车；碾房是五叔在料理。

那圆圆的磨石，固定在一株木桩上只是转只是转。五叔像个卖灰的人，满身是糠皮，只是在旋转不息的磨石间拿扫把扫那跑出碾槽外的谷米。他似乎并不着一点忙，磨石走到他跟前时一跳又让过磨石了。我们为他着急又佩服他胆子大。水车也有味，是一些七长八短的竹篙子扎成的。它的用处就是在灌水到比溪身还高的田面。

大的有些比屋子还大，小的也还有一床晒簟大小。它们接接连连竖立在大路近旁，为溪沟里急水冲着快快地转动，有些还咿哩咿哩发出怪难听的喊声，由车旁竹筒中运水倒到悬空的枧上去。它的怕人就是筒子里水间或溢出枧外时，那水便砰的倒到路上了，你稍不措意，衣服便打得透湿。我们远远的立着看行路人抱着头冲过去时那样子好笑。满姑虽只大我四岁，但看惯了，她却敢在下面走来走去。大姐同大姑，则知道那个车子溢出后便是那一个接脚，不消说是不怕水淋了！

只我同大哥二姐，却无论如何不敢去尝试。

新年底故事

朱自清

昨天家里来了些人到厨房里煮出些肉包子、糖馒头和三大块风糖糕来；他们倒是好人哩！娘和姊姊、嫂嫂裹得好粽子；娘只许我吃一个，嫂嫂又给我一个，叫我别告诉娘；我又跟姊姊要，姊姊说我再吃不得了；——好笑，伊吃得，我吃不得！——后来郭妈妈偷给我一个，拿在手里给我看了，说替我收着，饿了好吃。

肉包子、糖馒头、风糖糕，我都吃了些，又趁娘他们不见，每样拿了几个，将袍子兜了，想藏在床里去；不想间壁一只狗跑来，尽向我身上闻，我又怕又急，只得紧紧抱着袍角儿跑；狗也跟着，我便叫起来。娘在厨房里骂我"又作死了",又叫姊姊。一会大姊姊来了,将狗打走;夺开我的兜儿一看,说"你拿这些,还吃死了呢!"伊每样留下一个,别的都拿去了;伊收到自己床里去呢!晚间郭妈妈又和我要去一块风糖糕;我只吃了一个肉包子和糖馒头罢了。

今晚上家里桌子、椅子都披上红的、花的衫儿,好看呢!到处点着红的蜡烛;他们磕起头来,我跟着磕了一会;爸爸、娘又给他俩磕头,我也磕了。他们问我墙上挂着,画的两个人儿是谁?我说"一个男人一个女人"。娘笑说,"这是祖爷爷和祖奶奶哩!"我想他们只有这样大的!——呀!桌子摆好了!我先爬上凳子跪得高高地,筷子紧紧捏在手里;他们也都坐拢来。李二拿了好些盘菜放在桌上,又端一碗东西放在盘子中间,热气腾腾地直冒;我赶紧拿着筷子先向了几向,才伸出去;菜还没有夹着,早见娘两只眼正看着我呢,伊鼻子眼里哼了一声,我只得赸赸地将筷子缩回来,放在嘴里呷着。姊姊望着我笑,用指头括着脸羞我;我别转脸来,咕嘟着嘴不睬伊。后来娘他们都动筷子了,他们一筷一筷地夹了许多菜给我;我不管好歹,眼里只顾看着面前的一只碗,嘴里不住地嚼着。嚼到后来,忽然不要嚼了;眼里看着,心里爱着,只是菜不知怎么,都不好吃了。——我只得让他们剩在碗里，独自一个攀着桌子爬下来了。

娘房里，哥哥嫂嫂房里，姊姊房里都点着一对通红的大蜡烛；郭妈妈也将我们房里的点了，叫我去看。我要爬到桌上去看，郭妈妈不许，我便跳起来嚷着。伊大声叫道，"太太，你看，宝宝要玩蜡烛哩！"娘在伊房里说，"好儿子，别闹，你娘给好东西你吃！"伊果然拿着一盘茶果进来；又有一个红纸包儿，说是一块钱，给我"压岁"的，娘交给郭妈妈收着，说不许我瞎用。我只顾抓茶果吃，又在小箱子里拿出些我的泥宝宝来：这一个是小娘娘八月节买给我的，这一个是施伟仁送我的，这些是爸爸在上海买来的。我教他们都站在桌上，每人面前，放些茶果，叫他们吃。——呀！他们怎么不吃！我看见娘放好几碗菜在画的人儿面前，给他们吃；我的宝宝们为什么不吃呢？呵！只怕我没有磕头罢，赶快磕头罢！

郭妈妈说话了；伊抱着我说，"明天过年了，多有趣呢！"粽子、包子，都听我吃。衣服、鞋子、帽子都穿新的——要"斯文"些。舅舅家的阿龙、阿虎，娘娘家的毛头、三宝都来和我玩耍。伊说有许多地方耍把戏的，只要我们不闹，便带我们去。我忙答应说，"好妈妈，宝宝是不闹的，你带了他去罢！"伊点点头，我便放心了。伊又说要买些花炮给我家来放，伊说去年我也放过；好有趣哩！伊一头说，一头拍着我，我两个眼皮儿渐渐地合拢了。

我果然同着阿龙、阿虎他们在附近一个大操场上；我抱在郭妈妈怀里，看着耍猴把戏的。那猴儿一上一下爬着杆儿，我只笑着用手不住地指着叫"咦！咦！"忽然旁边有一个人说，"他看你呢！"我仔细一看，猴儿果然在看我，便吓得要哭；那人忽然笑了一个可怕的笑，说，"看着我罢！"我又安了心。忽然一声锣响，我回头一看，我已在一个不识的人的怀里了！我哭着，叫着，挣着；耳边忽然郭妈妈说，"宝宝怎么了，妈妈在这里，不怕的！"我才晓得还在郭妈妈怀里；只不知怎么便回来了？

太阳在地板上了，郭妈妈起来。我也揉着眼睛；开眼一看，桌上我的宝宝们都睡着了——他们也要睡觉呢。青梅呢？我的小青梅呢？宝宝顶顶喜欢的青梅呢？怎么没了？我哭了。郭妈妈忙跑来问什么事，我哭着全告诉了伊。伊在桌上找了一阵；在地板上太阳里找着一片核子，说被"绿尾巴"吃了。我忙说，"晤！宝宝怕！"将头躲在伊怀里；伊说，"不怕，日里他不来的，你只要不哭好了！"我要起来，伊叫我等着，拿衣服给我穿；伊拿了一件花棉袄，棉裤，一件红而亮的袍子，一件有毛的背心，是黑的，还有双花鞋，一个有许多金宝宝的风帽；伊帮我穿了衣和鞋，手里拿着风帽，说洗了脸才许戴呢。我真喜欢那个帽，赶忙地央着郭妈妈拿水来给我洗了脸，拍了粉，又用筷子给点胭脂在我眉毛里和鼻子上，又给我戴了风帽；说今天会有人要我做小女婿呢。我欢天喜地跑到厨房里，赶着人叫"恭喜"——这是郭妈妈教我的。一会儿郭妈妈端了一碗白圆子和一个粽子给我吃了；叫我跟着伊到菩萨前，点起香烛磕头，又给爸爸、娘他们磕头。郭妈妈说有事去，叫我好好玩，不要弄污了衣服，毛头、三宝就要来了。

　　好多时，毛头、三宝和小娘娘都来了。我和他们忙着办菜给我的泥宝宝吃；正拿着些点心果子，切呀剥的，郭妈妈走来，说带我们上街去。我们立刻丢下那些跟着他走。街上门都关着；我们常买落花生的小店也关了。一处处有"斯奉斯奉昌……镗镗镗镗鞳"的声音。我问郭妈妈，伊说是打锣鼓呢。又看见一家门口一个人一只手拿着一挂红红白白的东西，一搭一搭的，那只手拿着一根"煤头"要烧；郭妈妈忙说，"放爆竹了。"叫我们站住，用手闭了耳朵，伊说"不要怕,有我呢"。我见那爆竹一个个地跳了开去,仿佛有些响,右手这一松,只听见"劈!拍!"我一只耳朵几乎震聋了,赶紧地将他闭好,将身子紧紧挨着郭妈妈,一动也不敢动。爆竹只怕不放了,郭妈妈叫我们放下手,我只是指着不肯放;郭妈妈气着说,"你看这孩子!……"伊将我的手硬拖下来了。走了不远,有一个摊儿;我们近前一看,花花绿绿的,好东西多着呢!我央着郭妈妈买。伊给我买了一副黑眼镜,一个鬼脸,一个胡须,一把木刀,又给毛头买了一个胡须,给三宝买了一个胡须。我戴了眼镜,叫郭妈妈给我安了胡须;又趁三宝看着我,将伊手里的胡须夺了就跑,三宝哭了,毛头走来追我。我一个不留意,将右脚踏在水潭里,心里着急,想娘又要骂了。毛头已将胡须拿给三宝;他们和郭妈妈走来。伊说我一顿,我只有哭了;伊又抱起我说,"好宝宝,别哭,郭妈妈回来给你换一双,包不叫娘晓得;只下次再不许这样了。"我答应我们就回来了。

今晚是初五了。郭妈妈和我说,明天新衣服要脱下来,椅子桌子红的,花的衫儿也不许穿了,粽子,肉包子,糖馒头,风糖糕,只有明天一早好吃了;阿龙、阿虎他们都不来了;叫我安稳些,好等后天上学堂念书罢!他们真动手将桌子，椅子底衫儿脱下，墙上画的人儿也卷起了。我一毫不想玩耍，只睡在床上哭着。郭妈妈拿了一枝快点完的红蜡烛，到床边问道，"你又怎么了？谁给气宝宝受；妈妈是不依的！"我说"现在年不过了！"伊说，"痴孩子，为这个么！我是骗骗你的；明天我们正要到舅舅家过年去呢！起来罢，别哭了。"我听了伊的话，笑着坐起来，问道，"妈妈，是真的么？别哄你宝宝哩。"

村里的戏班子

周作人

去不去到里赵看戏文？七斤老捏住了照例的那四尺长的毛竹旱烟管站起来说。

好吧。我踌躇了一会才回答，晚饭后舅母叫表姊妹们都去做什么事去了，反正差不成马将。

我们出门往东走，面前的石板路朦胧地发白，河水黑黝黝的，隔河小屋里"哦"地叹了一声，知道劣秀才家的黄牛正在休息。再走上去就是外赵，走过外赵才是里赵，从名字上可以知道这是赵氏聚族而居的两个村子。

戏台搭在五十叔的稻地上，台屁股在半河里，泊着班船，让戏子可以上下。台前站着五六十个看客，左边有两间露天看台，是赵氏搭了请客人坐的。我因了五十婶的招待坐了上去，台上都是些堂客，老是嗑着瓜子，鼻子里闻着猛烈的头油气。戏台上点了两盏乌黢黢的发烟的洋油灯，侉侉侉地打着破锣，不一会儿有人出台来了，大家举眼一看，乃是多福纲司，镇塘殿的蛋船里的一位老大，头戴一顶灶司帽，大约是扮着什么朝代的皇帝。他在正面半桌背后坐了一分钟之后，出来踱了一趟，随即有一个赤背赤脚，单系一条牛头水裤的汉子，手拿两张破旧的令旗，夹住了皇帝的腰胯，把他一直送进后台去了。接着出来两三个一样赤着背，挽着纽纠头的人，起首乱跌，将他们的背脊向台板乱撞乱磕，碰得板都发跳，烟尘陡乱，据说是在"跌鲫鱼爆"，后来知道在旧戏的术语里叫作摔壳子。这一摔花了不少工夫，我渐渐有点忧虑，假如不是谁的脊梁或是台板摔断一块，大约这场跌打不会中止。好容易这两三个人都平安地进了台房，破锣又侉侉地开始敲打起来，加上了斗鼓的格答格答的声响，仿佛表示要有重要的事件出现了。忽然从后台唱起"呀"的一声，一位穿黄袍，手拿象鼻刀的人站在台口，台下起了喊声，似乎以小孩的呼笑为多：

"弯老，猪头多少钱一斤？……"

"阿九阿九，桥头吊酒……"

我认识这是桥头卖猪肉的阿九。他拿了象鼻刀在台上摆出好些架势，把眼睛轮来轮去的，可是在小孩们看了似乎很是好玩，呼号得更起劲了，其中夹着一两个大人的声音道："阿九，多卖点力气。"

一个穿白袍的撅着一枝两头枪奔出来，和阿九遇见就打，大家知道这是打更的长明，不过谁也和他不打招呼。

女客嗑着瓜子，头油气一阵阵地熏过来。七斤老靠了看台站着，打了两个呵欠，抬起头来对我说道，到那边去看看吧。

我也不知道那边是什么，就爬下台来，跟着他走。到神桌跟前，看见桌上供着五个纸牌位，其中一张绿的知道照例是火神菩萨。再往前走进了两扇大板门，即是五十叔的家里。堂前一顶八仙桌，四角点了洋蜡烛，在差马将，四个人差不多都是认识的。我受了"麦镬烧"的供应，七斤老在抽他的旱烟——"湾奇"，站在人家背后看得有点入迷。糊里糊涂地过了好些时光，很有点儿倦怠，我催道，再到戏文台下溜一溜吧。

嗡，七斤老含着旱烟管的咬嘴答应。眼睛仍望着人家的牌，用力地喝了几口，把烟蒂头磕在地上，别转头往外走，我拉着他的烟必子，一起走到稻地上来。

戏台上乌黜黜的台亮还是发着烟，堂客和野小孩都已不见了，台下还有些看客，零零落落地大约有十来个人。一个穿黑衣的人在台上踱着。原来这还是他阿九，头戴毗卢帽，手执仙帚，小丑似的把脚一伸一伸地走路，恐怕是"合钵"里的法海和尚吧。

站了一会儿，阿九老是踱着，拂着仙帚。我觉得烟必子在动，便也跟了移动，渐渐往外赵方面去，戏台留在后边了。

忽然听得远远地破锣侉侉地响，心想阿九这一出戏大约已做完了吧。路上记起儿童的一首俗歌来，觉得写得很好：

台上紫云班，台下都走散。

连连关庙门，东边墙壁都爬坍。

连连扯得住，只剩一担馄饨担。

我的童玩

林海音

我的"小脚儿娘"

老九霞的鞋盒里,住着我心爱的"小脚儿娘",正在静静地等着她的游伴——李莲芳的"小脚儿娘"。

夏日午后,院子里的榆树上,唧鸟儿(蝉)拉长了一声声"唧——唧——"的长鸣。虽然声音很响亮,但是因为单调,并不吵人,反而是妈妈带着小弟弟、小妹妹在这有韵律的声音中,安然地睡着午觉。只有我一个人,在兴奋地等着李莲芳的到来——我们要玩小脚儿娘。

一放暑假,我就又做了几个新的小脚儿娘。一根洋火棍儿,几块小小的碎花布做成的小脚儿娘,不知道为什么给我那么大的快乐。

老九霞的鞋盒，是小脚儿娘的家；鞋盒里的隔间、家具，也都是我用丹凤牌的洋火盒堆隔成的。如果是床，上面就有我自己做的枕和被；如果是桌子，上面也有我剪的一块白布钩了花边的桌巾。总之，这个小脚儿娘的家，一切都是照我的理想和兴趣，最要紧的，这是以我艺术的眼光做成的。

最让人兴奋的是，中午吃饭的时候，我准备了一个用厚纸折成的菜盒，放在坐凳我屁股旁边。等爸爸一吃完饭放下筷子离开饭桌时，我的菜盒就上了桌。我夹了炒豆芽儿、肉丝炒榨菜、白切肉等等，装满一盒子。当然，宋妈会在旁边瞪着我。不管那些了，牙签也带上几根，好当筷子用。

李莲芳抱着她的鞋盒来了。我们在阴凉的北屋套间里，展开了我们两家的来往。掀开了两个鞋盒，各拿出自己的小脚儿娘来。我用手捏着只有一条裤管脚和露出鞋尖的小脚儿娘，哆哆哆地走向李莲芳的鞋盒去，然后就是开门、让座、喝茶、吃东西、聊闹天儿。事实上，这一切都是我俩在说话、在喝茶、在吃中午留下来的菜。说的都是大人说的话，趣味无穷。因为在这一时刻，我们变成了家庭主妇，一个家的主妇，可以主动，可以发挥，最重要的是不受制于大人。

从六岁到六十岁

　　旧时女孩的自制玩具和游戏项目，几乎都是和她们学习女红、练习家事有关联的。所谓寓教育于游戏，正可以这么说。但这不是学校的教育课程，而是在旧时家庭中自然形成的。

　　我五岁自台湾随父母去北平，童年是在大陆北方成长的，已经是十足北方女孩子气了。我愿意从记忆中找出我童年的游乐、我的玩具和一去不回的生活。

　　昨天，为了给《汉声》写这篇东西和做些实际的玩具，我跑到沅陵街去买丝线和小珠子，就像童年到北平绒线胡同的瑞玉兴去挑买丝线一样。但是想要在台北买到缠粽子用的丝绒线是不可能的了。我只好买些粗的丝线和穿孔较大的小珠子，因为当年六岁的我和现在六十岁的我，眼力的使用是不一样啊！

　　用丝线缠粽子，是旧时北方小姑娘用女红材料做的有季节性的玩具。先用硬纸做一个粽子形，然后用各色丝绒线缠绕下去。配色最使我快乐，我随心所欲地配各种颜色。粽子缠好后，下面做上穗子，也许穿上几颗珠子，全凭自己的安排。缠粽子是在端午节前很多天就开始了，到了端午节早已做好，有的送人，有的自己留着挂吊起来。同时做的还有香包，用小块红布剪成葫芦形、菱形、方形，缝成小包，里面装些香料。穿起来加一个小小的粽子，挂在右襟纽袢上，走来走去，美不唧唧的。除了缠粽子以外，也还把丝绒线缠在卫生球（樟脑丸）上。总之，都成了艺术品了。

珠子，也是女孩子喜欢玩的自制玩物，它兼有女性学习做装饰品。我用记忆中的穿珠法，穿了一副指环、耳环、手环，就算是我六岁的作品吧！

抓子儿

北方的天气，四季分明。孩子们的游戏，也略有季节的和室内外的分别。当然大部分动态的在室外，静态的在室内。女孩子以女红兼游戏是在室内多，但也有动作的游戏，是在室内举行的，那就是"抓子儿"。

抓子儿的用具有多种，白果、桃核、布袋、玻璃球，都可以。但玩起来，它们的感觉不一样。白果和桃核，其硬度、弹性差不多。布袋里装的是绿豆，不是圆形固体，不能滚动，所以玩法也略有不同。玻璃球又硬、又滑，还可以跳起来，所以可以多一种玩法。

单数（五或七粒）的子儿，一把撒在桌上，桌上铺了一层织得平整的宽围巾，柔软适度。然后拿出一粒，扔上空，手随着就赶快捡上一颗，再扔一次，再捡一颗，把七颗都捡完，再撒一次，这次是同时捡两颗，再捡三颗的，最后捡全部的。这个全套做完是一个单元，做不完就输了。

女性的手比较巧于运用，当然是和幼年的游戏动作很有关系。记得读外国杂志说，有的外科医生学女人用两根针织毛线，就是为了练习手指运用的灵巧。

挝子儿，冬日玩得多，因为是在室内桌上。记得冬日在小学读书时，到了下课十分钟，男生抢着跑出教室外面野，女生赶快拿出毛线围巾铺在课桌上，挝起子儿来。

为了收集这些玩具给《汉声》，我买来一些白果，试着玩玩。结果是扔上一颗白果，老花眼和略有颤抖的手，不能很准确地同时去捡桌上的和接住空中落下来的了。很悲哀呢！

除了挝子儿，在桌上玩的，还有"弹铁蚕豆儿"。顾名思义，蚕豆名铁，是极干极硬的一种。没吃以前，先用它玩一阵吧，一把撒在桌上，在两粒之中用小指立着划过去，然后捏住大拇指和食指，大拇指放出，以其中的一粒弹另外一粒，不许碰到别的。弹好，就可以捡起一粒算胜的，再接着做下去，看看能不能把全有的都弹光算赢了。

跳绳和踢毽子

这两项游戏虽是至今存在，不分地方和季节的，但是玩具就有不同。跳绳，当然基本是麻绳，后来有童子军绳和台湾的橡皮筋。我最喜欢的，却是小时候用竹笔管穿的跳绳。放了学到琉璃厂西门一家制笔作坊，去买做笔切下约寸长的剩余竹管，其粗细是我们用写中楷字的笔。很便宜的买一大包回来，用白线绳一个个穿成一条丈长的绳。这种绳子，无论打在硬土地上、砖地上，都会发出清脆的竹管声，在游戏中也兼听悦耳的声音。

跳双绳颇不易，有韵律，快速。但是在跳绳中捡铜子儿，也不简单。把一叠铜子儿放在地上（绳子落地碰不到的地方），每跳一下，低头弯腰下去捡起一个铜子儿，看你赶不赶得上又要跳第二下。又跳，又弯腰，又伸手捡钱，虽不是激烈运动，却是全身都动的运动呢！

> 总有人间一两风
> 填我十万八千梦

踢毽子是自古以来的中国游戏，这玩具羽毛是基础，但是底下的托子却因时代而不同了。在我幼年时，虽然币制已经用铜板为硬币，但是遗留下来的制钱，还有很多用处，做毽子的底托，就是最好的。方孔洞，穿过一根皮带，把羽毛捆起来，就是毽子了。

自己做毽子，也是有趣的事。用色纸剪了当羽毛，秋天的大朵菊花当羽毛，都是毽子。而记忆中有一种为儿童初步学踢毽子的，叫"踢制钱儿"，两枚制钱用红头绳穿起来，刚好是小孩子的手持到脚的长度即可。小孩子提着它，一踢一踢的，制钱打着布鞋帮子，倒也很顺利。

踢毽子到学习花样儿的时候，有一个歌可以念、踢，照歌词动作："一个毽儿，踢两瓣儿。打花鼓，绕花线儿。里踢，外拐。八仙，过海。九十九，一百。"

念完，刚好踢十下，但是踢到第五下以后，就都是"特技"了！

活玩意儿

小姑娘和年幼的男孩，到了春天养蚕，也可以算"玩"的一种吧！到了春天，孩子们来索求去年甩在纸上的蚕卵，眼看着它出了黑点,并且动着,渐渐变白,变大。于是开始找桑叶,洗桑叶,擦干,撕成小块喂蚕吃。要吐丝了,用墨盒盖,包上纸,把几条蚕放上去,让它们吐丝,仔细铲除蚕屎。吐够了做成墨盒里泡墨汁用的芯子,用它写毛笔字时,心中也很亲切,因为整个的过程,都是自己做的。

最意想不到的,北平住家的孩子,还有玩"吊死鬼儿"的。吊死鬼儿,是槐树虫的别名,到了夏季,大槐树上的虫子像蚕一样,一根丝从树上吊下来,一条条的,浅绿色。我们有时拿一个空瓶,一双筷子,就到树下去一条条地夹下来放进瓶里,待夹了满满一瓶,看它们在瓶里蠕动,是很肉麻的,但不知为什么不怕。玩够了怎么处理,现在已经忘了。

雨后院子白墙上,爬着一个浅灰色的小蜗牛,它爬过的地方,因为黏液的经过,而变成一条银亮的白线路了。你要拿下来,谁知轻轻一碰,蜗牛敏感的触角就会缩回到壳里,掉落到地上,不出来了。这时,我们就会拉出了声音唱念着:

"水牛儿——水牛儿,先出犄角后出头。你妈——你爹,给你买烧饼羊肉吃呀!……"

又在春天的市声中,有卖金鱼和蝌蚪的,蝌蚪北平人俗叫"蛤蟆骨朵儿"。花含苞未开时叫"骨朵儿",此言青蛙尚未长成之意。北平人活吞蝌蚪,认为清火。小孩子也常在卖金鱼挑子上买些蝌蚪来养,以为可以变成青蛙,其实玻璃瓶中养蝌蚪,是从来没有变成过青蛙的,但是玩活东西,总是很有意思的。

剪纸的日子

一张张四四方方彩色的电光纸,对折,对折,再对折,小小的剪子在上面运转自如地剪起各种花样。剪好了,打开来,心中真是高兴,又是一张创作,图案真美,自己欣赏好一阵子,夹在一本爸爸的厚厚的洋书里。

剪纸,并不是小学里的剪贴课,而是北方小姑娘的艺术生活之一。有时我们几个小女孩各拿了自己的一堆色纸,凑在一起剪,互相欣赏,十分心悦。

等到长大些,如果家中有了喜庆之事,像爷爷的生日,哥哥娶嫂子,到处都要贴寿字、双喜字,我们就抢不及地帮着剪,这时有创意的艺术字,就可以出现了。

花脸

冯骥才

做孩子的时候，盼过年的心情比大人来得迫切，吃穿玩乐花样都多，还可以把来拜年的亲友塞到手心里的一小红包压岁钱都积攒起来，做个小富翁。但对孩子们来说，过年的魅力还有一层更深的缘故，便是我要写在这几张纸上的。

每逢年至，小闺女们闹着戴绒花、穿红袄，嘴巴涂上浓浓的胭脂团儿；男孩子们的兴趣都在鞭炮上，我则不然，最喜欢的是买个花脸戴。这是种纸浆轧制成的面具，用掺胶的彩粉画上戏里边那些有名有姓、威风十足的大花脸。后边拴根橡皮条，往头上一套，自己俨然就变成那员虎将了。这花脸是依脸形轧的，眼睛处挖两个孔，可以从里边往外看。但鼻子和嘴的地方不通气儿，一戴上，好闷，还有股臭胶和纸浆的味儿；说出话来，声音变得低粗，却有大将威武不凡的气概，神气得很。

一年年根儿，舅舅带我去娘娘宫前的年货集市上买花脸。过年时人都分外有劲，挤在人群里好费力，终于从挂满在一条横竿上的花花绿绿几十种花脸中，惊喜地发现一个。这花脸好大，好特别！通面赤红，一双墨眉，眼角雄俊地吊起，头上边凸起一块绿包头，长巾贴脸垂下，脸下边是用马尾做的很长的胡须。这花脸与那些愣头愣脑、傻头傻脑、神头鬼脸的都不一样。虽然毫不凶恶，却有股子凛然不可侵犯的庄重之气，咄咄逼人，叫我看得直缩脖子，要是把它戴在脸上，管叫别人也吓得缩脖子。我竟不敢用手指它，只是朝它扬下巴，说："我要那个大红脸！"

卖花脸的小罗锅儿，举竿儿挑下这花脸给我，龇着黄牙笑嘻嘻说："还是这小少爷有眼力，要做关老爷！关老爷还得拿把青龙偃月刀呢！我给您挑把顶精神的！"就着从戳在地上的一捆刀枪里，抽出一柄最漂亮的大刀给我。大红漆杆，金黄刀面，刀面上嵌着几块闪闪发光的小镜片，中间画一条碧绿的小龙，还拴一朵红缨子。这刀！这花脸！没想到一下得到两件宝贝。我高兴得只是笑,话都说不出。舅舅付了钱,坐三轮车回家时,我就戴着花脸,倚着舅舅的大棉袍执刀而立,一路引来不少人瞧我,特别是那些与我一般大的男孩子投来艳羡的目光时,使我快活至极。舅舅给我讲了许多关公的故事,过五关、斩六将,温酒斩华雄。边讲边说:"你好英雄呀!"好像在说我的光荣史。当他告诉我这把青龙偃月刀重八十斤时,我简直觉得自己力大无穷。舅舅还教我用京剧自报家门的腔调说:

"我——姓关,名羽,字云长。"

到家,人人见人人夸,妈妈似乎比我更高兴。连总是厉害地板着脸的爸爸也含笑称我"小关公"。我推开人们,跑到穿衣镜前,横刀立马地一照,呀,哪里是小关公,我是大关公啊!

这样,整个大年三十我一直戴着花脸,谁说都不肯摘,睡觉时也戴着它,还是睡着后妈妈轻轻摘下放在我枕边的,转天醒来头件事便是马上戴上,恢复我这"关老爷"的本来面貌。

大年初一,客人们陆陆续续来拜年,妈妈喊我去,好叫客人们见识见识我这关老爷。我手握大刀,摇晃着肩膀,威风地走进客厅，憋足嗓门叫道："我——姓关，名羽，字云长。"

客人们哄堂大笑，都说："好个关老爷，有你守家，保管大鬼小鬼进不来！"

我愈发神气，大刀呼呼抡两圈，摆个张牙舞爪的架势，逗得客人们笑个不停。只要客人来，妈妈就喊我出场表演。妈妈还给我换上只有三十夜拜祖宗时才能穿的那件青缎金花的小袍子。我成了全家过年的主角。连爸爸对我也另眼看待了。

我下楼一向不走楼梯。我家楼梯扶手是整根的光亮的圆木。下楼时便一条腿跨上去，"哧溜"一下滑到底。这时我就故意躲在楼上，等客人来时突然由天而降，叫他们惊奇，效果会更响亮！

初一下午，来客进入客厅，妈妈一喊我，我跨上楼梯扶手飞骑而下，呜呀呀大叫一声闯进客厅，大刀上下一抡，谁知用力过猛，脚底没根，身子栽出去，"叭"的巨响，大刀正砍在花架上一尊插桃枝的大瓷瓶上，哗啦啦粉粉碎，只见瓷片、桃枝和瓶里的水飞得满屋，一个瓷片从二姑脸旁飞过，险些擦上了；屋内如淋急雨，所有人穿的新衣裳都是水渍；再看爸爸，他像老虎一样直望着我，哎哟，一根开花的小桃枝迎面飞去，正插在他梳得油光光的头发里。后来才知道被我打碎的是一尊祖传的乾隆官窑百蝶瓶,这简直是死罪!我坐在地上吓傻了,等候爸爸上来一顿狠狠地揪打。妈妈的神情好像比我更紧张,她一下想不到办法救我,瞪大眼睛等待爸爸的爆发。

就在这生死关头,二姑忽然破颜而笑,拍着一双雪白的手说道:

"好呵,好呵,今年大吉大利,岁(碎)岁(碎)平安呀!哎,关老爷,干吗傻坐在地上,快起来,二姑还要看你耍大刀呢!"

谁知二姑这是使什么法术,绷紧的气氛霎时间就松开了。另一位姨婆马上应和说:"旧的不去,新的不来,不除旧,不迎新。您等着瞧吧,今年非抱个大金娃娃不成,是吧!"她满脸欢笑朝我爸爸说,叫他应声。其他客人也一拥而上,说吉祥话,哄爸爸乐。

这些话平时根本压不住爸爸的火气,此刻竟有神奇的效力,迫使他不乐也得乐。过年乐,没灾祸。爸爸只得嘿嘿两声,点头说:

"呵,好,好,好……"

尽管他脸上的笑纹明显含着被克制的怒意,我却奇迹般地因此逃脱开一次严惩。妈妈对我丢了眼色，我立刻爬起来，拖着大刀，狼狈而逃。身后还响着客人们着意的拍手声、叫好声和笑声。

往后几天里，再有拜年的客人来，妈妈不再喊我，节目被取消了。我躲在自己屋里很少露面，那把大刀也掖在床底下，只是花脸依旧戴着，大概躲在这硬纸后边再碰到爸爸时有种安全感。每每从眼孔里望见爸爸那张阴沉含怒的脸，不再觉得自己是"关老爷"，而是个可怜虫了！

过了正月十五，年就算过去了。我因为和妹妹争吃撤下来的祭灶用的糖瓜，被爸爸抓着腰提起来，按在床上死揍了一顿。我心里清楚，他是把打碎花瓶的罪过加在这件事上一起清算，因为他盛怒时，向我要来那把惹祸的大刀，用力折成段，大花脸也撕成碎片片。

从这事，我悟到一个祖传的概念：一年之中唯有过年这几天是孩子们的自由日，在这几天里无论怎样放胆去闹，也不会立刻得到惩罚。这便是所有孩子都盼望过年深层的缘故。当然那被撕碎的花脸也提醒我，在这有限的自由里可得勒着点自己，当心事后加倍地算账。

梦痕

丰子恺

我的左额上有一条同眉毛一般长短的疤。这是我儿时游戏中在门槛上跌破了头颅而结成的。相面先生说这是破相,这是缺陷。但我自己美其名曰"梦痕"。因为这是我的梦一般的儿童时代所遗留下来的唯一的痕迹。由这痕迹可以探寻我的儿童时代的美丽的梦。

我四五岁时,有一天,我家为了"打送"(吾乡风俗,亲戚家的孩子第一次上门来做客,辞去时,主人家必做几盘包子送他,名曰"打送")某家的小客人,母亲、姑母、婶母和诸姊们都在做米粉包子。厅屋的中间放一只大匾,匾的中央放一只大盘,盘内盛着一大堆黏土一般的米粉,和一大碗做馅用的甜甜的豆沙。母亲们大家围坐在大匾的四周。各人卷起衣袖，向盘内摘取一块米粉来，捏作一只碗的形状；夹取一筷豆沙来藏在这碗内；然后把碗口收拢来，做成一个圆子。再用手法把圆子捏成三角形，扭出三条绞丝花纹的脊梁来；最后在脊梁凑合的中心点上打一个红色的"寿"字印子，包子便做成。一圈一圈地陈列在大匾内，样子很是好看。

大家一边做，一边兴高采烈地说笑。有时说谁的做得太小，谁的做得太大；有时盛称姑母的做得太玲珑，有时笑指母亲的做得像个饼。笑语之声，充满一堂。这是年中难得的全家欢笑的日子。而在我，做孩子们的，在这种日子更有无上的欢乐；在准备做包子时，我得先吃一碗甜甜的豆沙。做的时候，我只要嗓闹一下子，母亲们会另做一只小包子来给我当场就吃。新鲜的米粉和新鲜的豆沙，热热地做出来就吃，味道是好不过的。我往往吃一只不够，再嗓闹一下子就得吃第二只。倘然吃第二只还不够，我可嚷着要替她们打"寿"字印子。这印子是不容易打的：蘸的水太多了，打出来一塌糊涂，看不出"寿"字；蘸的水太少了，打出来又不清楚；况且位置要摆得正，歪了就难看；打坏了又不能揩抹涂改。

所以我嚷着要打印子，是母亲们所最怕的事。她们便会和我商量，把做圆子收口时摘下来的一小粒米粉给我，叫我"自己做来自己吃"。这正是我所盼望的主目的！开了这个例之后，各人做圆子收口时摘下来的米粉，就都得照例归我所有。再不够时还得要求向大盘中扭一把米粉来，自由捏造各种黏土手工：捏一个人，团拢了，改捏一个狗；再团拢了，再改捏一支水烟管……捏到手上的龌龊都混入其中，而雪白的米粉变成了灰色的时候，我再向她们要一朵豆沙来，裹成各种三不像的东西，吃下肚子里去。这一天因为我嚷得特别厉害些，姑母做了两只小巧玲珑的包子给我吃，母亲又外加摘一团米粉给我玩。

为求自由，我不在那场上吃弄，拿了到店堂里，和五哥哥一同玩弄。五哥哥者，后来我知道是我们店里的学徒，但在当时我只知道他是我儿时的最亲爱的伴侣。他的年纪比我长，智力比我高，胆量比我大，他常做出种种我所意想不到的玩意儿来，使得我惊奇。这一天我把包子和米粉拿出去同他共玩，他就寻出几个印泥菩萨的小型的红泥印子来，教我印米粉菩萨。

后来我们争执起来，他拿了他的米粉菩萨逃，我就拿了我的米粉菩萨追。追到排门旁边,我跌了一跤,额骨磕在排门槛上,磕了眼睛大小的一个洞,便晕迷不省。等到知觉的时候,我已被抱在母亲手里,外科郎中蔡德本先生,正在用布条向我的头上重重叠叠地包裹。

自从我跌伤以后,五哥哥每天乘店里空闲的时候到楼上来省问我。来时必然偷偷地从衣袖里摸出些我所爱玩的东西来——例如关在自来火匣子里的几只叩头虫,洋皮纸人头,老菱壳做成的小脚,顺治铜钿磨成的小刀等——送给我玩,直到我额上结成这个疤。

讲起我额上的疤的来由,我的回想中印象最清楚的人物,莫如五哥哥。而五哥哥的种种可惊可喜的行状,与我的儿童时代的欢乐,也便跟了这回想而历历地浮出到眼前来。

他的行为的顽皮,我现在想起了还觉吃惊。但这种行为对于当时的我,有莫大的吸引力,使我时时刻刻追随他,自愿地做他的从者。他用手捉住一条大蜈蚣,摘去了它的有毒的钩爪,而藏在衣袖里,走到各处,随时拿出来吓人。我跟了他走,欣赏他的把戏。他有时偷偷地把这条蜈蚣放在别人的瓜皮帽子上,让它沿着那人的额骨爬下去,吓得那人直跳起来。有时怀着这条蜈蚣去登坑,等候邻席的登坑者正在拉粪的时候,把蜈蚣丢在他的裤子上,使得那人扭着裤子乱跳,累了满身的粪。又有时当众人面前他偷把这条蜈蚣放在自己的额上,假装被咬的样子而号啕大哭起来,使得满座的人惊惶失措,七手八脚地为他营救。正在危急存亡的时候,他伸起手来收拾了这条蜈蚣,忽然破涕为笑,一缕烟逃走了。

后来这套戏法渐渐做穿,有的人警告他说,若是再拿出蜈蚣来,要打头颈拳了。于是他换出别种花头来:他躲在门口,等候警告打头颈拳的人将走出门,突然大叫一声,倒身在门槛边的地上,乱滚乱撞,哭着嚷着,说是践踏了一条臂膀粗的大蛇,但蛇是已经攒进榻底下去了。走出门来的人被他这一吓,实在魂飞魄散;但见他的受难比他更深,也无可奈何他,只怪自己的运气不好。他看见一群人蹲在岸边钓鱼,便参加进去,和蹲着的人闲谈。同时偷偷地把其中相接近的两人的辫子梢头结住了,自己就走开,躲到远处去作壁上观。被结住的两人中若有一人起身欲去,滑稽剧就演出来给他看了。诸如此类的恶戏,不胜枚举。

现在回想他这种玩耍,实在近于为虐的戏谑。但当时他热心地创作,而热心地欣赏的孩子,也不止我一个。世间的严正的教育者，请稍稍原谅他的顽皮！我们的儿时，在私塾里偷偷地玩了一个折纸手工，是要遭先生用铜笔套管在额骨上猛钉几下，外加在至圣先师孔子之神位面前跪一支香的！

况且我们的五哥哥也曾用他的智力和技术来发明种种富有趣味的玩意，我现在想起了还可以神往。暮春的时候，他领我到田野去偷新蚕豆。把嫩的生吃了，而用老的来做"蚕豆水龙"。其做法，用煤头纸火把老蚕豆荚熏得半熟，剪去其下端，用手一捏，荚里的两粒豆就从下端滑出，再将荚的顶端稍稍剪去一点，使成一个小孔。然后把豆荚放在水里，待它装满了水，以一手的指捏住其下端而取出来，再以另一手的指用力压榨豆荚，一条细长的水带便从豆荚的顶端的小孔内射出。制法精巧的，射水可达一二丈之远。

他又教我"豆梗笛"的做法：摘取豌豆的嫩梗长约寸许，以一端塞入口中轻轻咬嚼，吹时便发嗒嗒之音。再摘取蚕豆梗的下段，长约四五寸，用指爪在梗上均匀地开几个洞，做成豆的样子。然后把豌豆梗插入这笛的一端，用两手的指随意启闭各洞而吹奏起来，其音宛如无腔之短笛。他又教我用洋蜡烛的油做种种的浇造和塑造。用芋艿或番薯镌刻种种的印版，大类现今的木版画。……诸如此类的玩意，亦复不胜枚举。

现在我对这些儿时的乐事久已缘远了。但在说起我额上的疤的来由时，还能热烈地回忆神情活跃的五哥哥和这种兴致蓬勃的玩意儿。谁言我左额上的疤痕是缺陷？这是我的儿时欢乐的佐证，我的黄金时代的遗迹。过去的事，一切都同梦幻一般地消灭，没有痕迹留存了。只有这个疤，好像是"脊杖二十，刺配军州"时打在脸上的金印，永久地明显地录着过去的事实，一说起就可使我历历地回忆前尘。仿佛我是在儿童世界的本贯地方犯了罪，被刺配到这成人社会的"远恶军州"来的。这无期的流刑虽然使我永无还乡之望，但凭这脸上的金印，还可回溯往昔，追寻故乡的美丽的梦啊！

你一个人漫游的时候，你就会在青草里坐地仰卧，甚至有时打滚，因为草的和暖的颜色自然地唤起你童稚的活泼。

第三章

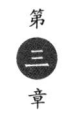

感受冷、热和风,生活不过如此

夕照透入书房

冯骥才

我常常在黄昏时分,坐在书房里,享受夕照穿窗而入带来的那一种异样的神奇。

此刻,书房已经暗下来。到处堆放的书籍文稿以及艺术品重重叠叠地隐没在阴影里。

暮时的阳光,已经失去了白日里的咄咄逼人;它变得很温和,很红,好像一种橘色的灯光,不管什么东西给它一照,全都分外地美丽。首先是窗台上那盆已经衰败的藤草,此刻像镀了金一样,蓬勃发光;跟着是书桌上的玻璃灯罩,亮闪闪的,仿佛打开了灯;然后,这一大片橙色的夕照带着窗棂和外边的树影,斑斑驳驳投射在东墙那边一排大书架上。阴影的地方书皆晦暗,光照的地方连书脊上的文字也看得异常分明。《傅雷文集》的书名是烫金的,金灿灿放着光芒,好像在骄傲地说:"我可以永存。"

怎样的事物才能真正地永存?阿房宫和华清池都已片瓦不留,李杜的名句和老庄的格言却一字不误地镌刻在每个华人的心里。世上延绵最久的还是非物质的——思想与精神。能够准确地记忆思想的只有文字。所以说,文字是我们的生命。

当夕阳移到我的桌面上,每件案头物品都变得妙不可言。一尊苏格拉底的小雕像隐在暗中,一束细细的光芒从一丛笔杆的缝隙中穿过,停在他的嘴唇之间,似乎想撬开他的嘴巴,听一听这位古希腊的哲人对如今这个混沌而荒谬的商品世界的醒世之言。但他口含夕阳,紧闭着嘴巴,一声不吭。

昨天的哲人只能解释昨天,今天的答案还得来自今人。这样说来,一声不吭的原来是我们自己。

陈放在桌上的一块四方的镇尺最是离奇。这个镇尺是朋友赠送给我的。它是一块纯净的无色玻璃,一条弯着尾巴的小银鱼被铸在玻璃中央。当阳光彻入,玻璃非但没有反光,

总有人间一两风
填我十万八千梦

反而由于纯度过高而消失了,只有那银光闪闪的小鱼悬在空中,无所依傍。它瞪圆眼睛,似乎也感到了一种匪夷所思。

一只蚂蚁从阴影里爬出来,它走到桌面一块阳光前,迟疑不前,几次刚把脑袋伸进夕阳里,又赶紧缩回来。它究竟畏惧这奇异的光明,还是习惯了黑暗?黑暗总是给人一半恐惧,一半安全。

人在黑暗外边感到恐惧,在黑暗里边反倒觉得安全。

夕阳的生命是有限的。它在天边一点点沉落下去,它的光却在我的书房里渐渐升高。短暂的夕照大概知道自己大限在即,它最后抛给人间的光芒最依恋也最夺目。此时,连我的书房的空气也是金红的。定睛细看,空气里浮动的尘埃竟然被它照亮。这些小得肉眼刚刚能看见的颗粒竟被夕阳照得极亮极美,它们在半空中自由、无声和缓缓地游弋着,好像徜徉在宇宙里的星辰。这是唯夕阳才能创造的境象——它能使最平凡的事物变得无比神奇。

在日落前的一瞬,夕阳残照已经挪到我书架最上边的一格。满室皆暗,只有书架上边无限明媚。那里摆着一只河北省白沟的泥公鸡。雪白的身子,彩色翅膀,特大的黑眼睛,威武又神气。这个北方著名的泥玩具之乡,至少有千年的历史，但如今这里已经变为日用小商品的集散地，昔日那些浑朴又迷人的泥狗泥鸡泥人全都了无踪影。可是此刻，这个幸存下来的泥公鸡，不知何故，对着行将熄灭的夕阳张嘴大叫。我的心已经听到它凄厉的哀鸣。这叫声似乎也感动了夕阳。一瞬间，高高站在书架上端的泥公鸡竟被这最后的阳光照耀得夺目和通红，好似燃烧了起来。

等那一束光

肖复兴

老顾是我的中学同学,又一起插队到北大荒,一起当老师回北京,生活和命运轨迹基本相同。不同的是,他喜欢浪迹天涯,喜欢摄影,在北大荒时,他就想有一台照相机,背着它,就像猎人背着猎枪,没有缰绳和笼头的野马一样到处游逛。攒钱买照相机,成了他那时的梦。

如今,照相机早不在话下,专业成套的摄影器材,以及各种户外设备包括衣服鞋子和帐篷,应有尽有。退休之前,又早早买下一辆四轮驱动的越野车,连越野轮胎都已经备好。万事俱备,只欠东风,只要退休令一下,立刻动身去西藏。这是这些年早就盘算好的计划,成了他一个新的梦。

他就是这样一个人,我说他总是活在梦中,而不是现实中,便总事与愿违。现实是,他在单位当第一把手,因为后任总难以到位,过了退休年龄两年了,还不让他退。他不是恋栈的人,这让他非常难受。终于,今年春节过后,让他退休了。这时候,我们北大荒要编一本回忆录,请他写写自己的青春回忆,他婉言拒绝,说他不愿意回头看,只想往前走,他现在要做的事不是怀旧,而是摩拳擦掌准备夏天去西藏。等到夏天,他开着他的越野车,一猛子去了西藏,扬蹄似风,如愿以偿。

终于来到了他梦想中的阿里,看见了古格王朝遗址。这个七百年前就消失的王朝,如今只剩下了依山而建的土黄色古堡的断壁残垣,立在那里,无语诉沧桑般,和他对视,仿佛辨认着彼此的前生今世的因缘。

正是黄昏,高原的风有些料峭,古堡背后的雪山模糊不清,主要是天上的云太厚,遮挡住了落日的光芒。凭着他摄影的经验和眼光,如果能有一束光透过云层,打在古堡最上层的那一座倾圮残败的宫殿顶端,在四周一片暗色古堡的映衬下,将会是一帧绝妙的摄影作品。

他禁不住抬起头又望了望,发现那不是宫殿,而是一座寺庙，白色、青色和铅灰色云彩下，显得几分幽深莫测，分外神秘。这增加了他的渴望。

他等候云层破开，有一束落日的光照射在寺庙的顶上。可惜，那一束光总是不愿意出现。像等待戈多一样，他站在那里空等了许久。天色渐渐暗下来，他只好开着车离开了，但是，开出了二十多分钟，总觉得那一束光在身后追着他，刺着他，恋人一般不舍他。鬼使神差地，他忍不住掉头把车又开了回去。他觉得那一束光应该出现，他不该错过。

果然，那一束光好像故意在和他捉迷藏一样，就在他离开不久时出现了，灿烂地挥洒在整座古堡的上面。他赶回来的时候，云层正在收敛，那一束光像是正在收进潘多拉的瓶口。他大喜过望，赶紧跳下车，端起相机，对准那束光，连拍了两张，等他要拍第三张的时候，那束光肃穆而迅速地消失了，如同舞台上大幕闭合，风停雨住，音乐声戛然而止。

往返整整一万公里，他回到北京，让我看他拍摄的那一束光照射古格城堡寺庙顶上的照片，第二张，那束光不多不少，正好集中打在了寺庙的尖顶上，由于四周已经沉淀一片幽暗，那束光分外灿烂，不是常见的火红色、橘黄色或琥珀色，而是如同藏传佛教经幡里常见的那种金色，像是一束天光在那里明亮地燃烧，又像是一颗心脏在那里温暖地跳跃。

　　不知怎么，我想起了音乐家海顿，晚年时他听自己创作的清唱剧《创世记》，听到"天上要有星光"那一段时，他蓦地从座位上站起来，指着上天情不自禁地叫道："光就是从那里来的！"那声音长久地在剧场中回荡，震撼着在场的所有人。在一个越发物化的世界，各种资讯焦虑和欲望膨胀、搅拌得心绪焦灼的现实面前，保持青春时分拥有的一份梦想和一份相对的神清思澈，如海顿和我的同学老顾一样，还能够看到那一束光，并愿意等候那一束光，是幸福的，令人羡慕的。

胡同文化

汪曾祺

北京城像一块大豆腐,四方四正。城里有大街,有胡同,大街、胡同都是正南正北,正东正西。北京人的方位意识极强。过去拉洋车的,逢转弯处都高叫一声"东去!""西去!"以防碰着行人。老两口睡觉,老太太嫌老头子挤着她了,说:"你往南边去一点。"这是外地少有的。街道如是斜的,就特别标明是斜街,如烟袋斜街、杨梅竹斜街。大街、胡同,把北京切成一个又一个方块。这种方正不但影响了北京人的生活,也影响北京人的思想。

胡同原是蒙古语,据说原意是水井,未知确否。胡同的取名,有各种来源。有的是计数的,如东单三条、东四十条。有的原是皇家储存物件的地方，如皮库胡同、惜薪司胡同（存放柴炭的地方），有的是这条胡同里曾住过一个有名的人物，如无量大人胡同、石老娘（老娘是接生婆）胡同。大雅宝胡同原名大哑巴胡同，大概胡同里曾住过一个哑巴。王皮胡同是因为有一个姓王的皮匠。王广福胡同原名王寡妇胡同。有的是某种行业集中的地方。手帕胡同大概是卖手帕的。羊肉胡同当初想必是卖羊肉的。有的胡同是像其形状的。高义伯胡同原名狗尾巴胡同。小羊宜宾胡同原名羊尾巴胡同。大概是因为这两条胡同的样子有点像羊尾巴、狗尾巴。有些胡同则不知道何所取义，如大绿纱帽胡同。

胡同有的很宽阔，如东总布胡同、铁狮子胡同。这些胡同两边大都是"宅门"，到现在房屋都还挺整齐。有些胡同很小，如耳朵眼胡同。北京到底有多少胡同？北京人说：有名的胡同三千六；没名的胡同数不清。通常提起"胡同"，多指的是小胡同。

胡同是贯通大街的网络。它距离闹市很近，打个酱油，约二斤鸡蛋什么的，很方便，但又似很远。这里没有车水马龙，总是安安静静的。偶尔有剃头挑子的"唤头"（像一个大镊子，用铁棒从当中擦过，便发出嚓的一声）、磨剪子磨刀的"惊闺"(十几个铁片穿成一片,摇动作声)、算命的盲人(现在早没有了)吹的短笛的声音。这些声音不但不显得喧闹,倒显得胡同里更加安静了。

胡同和四合院是一体。胡同两边是若干四合院连接起来的。胡同、四合院,是北京市民的居住方式,也是北京市民的文化形态。我们通常说北京的市民文化,就是指的胡同文化。胡同文化是北京文化的重要组成部分,即使不是最主要的部分。

胡同文化是一种封闭的文化,住在胡同里的居民大都安土重迁,不大愿意搬家。有在一个胡同里一住住几十年的,甚至有住了几辈子的。胡同里的房屋大都很旧了。"地根儿"房子就不太好,旧房檩、断砖墙。下雨天常是外面大下,屋里小下。一到下大雨,总可以听到房塌的声音,那是胡同里的房子,但是他们舍不得"挪窝儿"——"破家值万贯"。

四合院是一个盒子。北京人理想的住家是"独门独院"。北京人也很讲究"处街坊"。"远亲不如近邻"。"街坊里道"的,谁家有点事,婚丧嫁娶,都"随"一点"份子",道个喜或道个恼,不这样就不合"礼数"。但是平常日子,过往不多，除了有的街坊是棋友，"杀"一盘；有的是酒友，到"大酒缸"（过去山西人开的酒铺，都没有桌子，在酒缸上放一块规成圆形的厚板以代酒桌）喝两"个"（大酒缸二两一杯，叫作"一个"）；或是鸟友，不约而同，各晃着鸟笼，到天坛城根、玉渊潭去"会鸟"（会鸟是把鸟笼挂在一处，既可让鸟互相学叫，也互相比赛），此外，"各人自扫门前雪，休管他人瓦上霜"。

北京人易于满足，他们对生活的物质要求不高。有窝头，就知足了。大腌萝卜，就不错。小酱萝卜，那还有什么说的。臭豆腐滴几滴香油，可以待姑奶奶。虾米皮熬白菜，嘿！我认识一个在国子监当过差，伺候过陆润庠、王垿等祭酒的老人，他说："哪儿也比不了北京。北京的熬白菜也比别处好吃——五味神在北京。"五味神是什么神？我至今考查不出来。但是北京人的大白菜文化却是可以理解的。北京人每个人一辈子吃的大白菜摞起来大概有北海白塔那么高。

北京人爱瞧热闹，但是不爱管闲事。他们总是置身事外，冷眼旁观。北京是民主运动的策源地，"民国"以来，常有学生运动，北京人管学生运动叫作"闹学生"。学生示威游行，叫作"过学生"。与他们无关。

北京胡同文化的精义是"忍"。安分守己,逆来顺受。老舍《茶馆》里的王利发说:"我当了一辈子的顺民",是大部分北京市民的心态。

我的小说《八月骄阳》里写到"文化大革命",有这样一段对话:

"还有个章法没有?我可是当了一辈子安善良民,从来奉公守法。这会儿,全乱了。我这眼前就跟'下黄土'似的,简直的,分不清东西南北了。"
"您多余操这份儿心。粮店还卖不卖棒子面?"
"卖!"
"还是的。有棒子面就行。……"

我们楼里有个小伙子,为一点儿事,打了开电梯的小姑娘一个嘴巴,我们都很生气,怎么可以打一个女孩子呢!我跟两个上了岁数的老北京(他们是"搬迁户",原来是住在胡同里的)说,大家应该主持正义,让小伙子当众向小姑娘认错,这二位同声说:"叫他认错?门儿也没有!忍着吧!——'穷忍着,富耐着,睡不着眯着'!""睡不着眯着"这话实在太精彩了！睡不着，别烦躁，别起急，眯着，北京人，真有你的！

北京的胡同在衰败，没落。除了少数"宅门"还在那里挺着，大部分民居的房屋都已经很残破，有的地基基础甚至已经下沉，只有多半截还露在地面上。有些四合院门外还保存已失原形的拴马桩、上马石，记录着失去的荣华。有打不上水来的井眼、磨圆了棱角的石头棋盘，供人凭吊。西风残照，衰草离披，满目荒凉，毫无生气。

看看这些胡同的照片，不禁使人产生怀旧情绪，甚至有些伤感。但是这是无可奈何的事，在商品经济大潮的席卷之下，胡同和胡同文化总有一天会消失的。也许像西安的虾蟆陵、南京的乌衣巷，还会保留一两个名目，使人怅望低徊。

再见吧，胡同。

东安市场

梁实秋

北平的东安市场,本地人简称为"市场",因为当年北平内城里像样子的市场就只有这么一个。西城也有一个西安市场,那是后来兴建的,而且里面冷冷落落,十摊九空,不能和东安市场相比。北平的繁盛地区历来是在东城。

我家住的地方离市场很近,步行约二十分钟,出胡同口转两个弯,就到了。市场的地点是在王府井大街金鱼胡同西口的把角处。我十岁左右的时候,常随同兄弟姊妹溜达着去买点什么吃点什么或是闲逛一番。

东安市场有四个门,金鱼胡同口内的是后门(也称北门),王府井大街的是前门,前门往南不远有个不大显眼的中门，再往南有个更不大显眼的南门。

进前门，左手是市场管理处，属京师警察厅左一区。墙上吊挂着一排蓝布面的记事簿子，公事桌旁坐着三两警察，看样子很悠闲。照直往前走，短短一截路，中间是固定的摊贩，两边是店铺。这条短路衔接着南北向的一条大路，这大路是市场的主干线。路中间有密密丛丛的固定摊贩，两边都是店铺。路面是露天的，可是各个摊贩都设法支起一个布帐篷，连接起来也可以避骄阳细雨。直到民国元年二月间（辛亥年正月十二日），大总统袁世凯唆使陆军第三镇曹锟驻禄米仓部队兵变，大掠平津，东安市场首当其冲，不知为什么抢掠之后还要付之一炬。那一夜晚我在家里看到熊熊大火起自西南，黑的白的浓烟里冒着金星，还听得到噼噼啪啪的响。这一把火把市场烧成一片焦土。可是俗语说"烧发，烧发"，果不其然，不久市场重建起来了，比以前更显得整齐得多。布帐篷没有了，改为铅铁棚，把整条街道都遮盖起来，不再受天气的影响。有一点像现今美国的所谓 mall（商场街），只是规模简陋许多，没有空气调节。

我逛市场总是从后门进去，一进门，觌面就是一个水果摊，除了各色水果堆得满坑满谷之外，还有应时的酸梅汤、

总有人间一两风
填我十万八千梦

玻璃粉、果子干，以及山里红汤、温朴、炒红果、糊子糕、蜜饯杏干、蜜饯海棠，当然冬天还有各样的冰糖葫芦。这些东西本来大部分是干果子铺或水果店发卖的货色，按照北平老规矩，上好的水果都是藏在里面的，摆在外面的是二等货，识货的主顾一定坚持要头等货，伙计才肯到里面拿出好货色来，这就是"良贾深藏若虚"的道理。市场的水果摊则不然，好货色全摆在外面，次货藏在桌底下。到市场买水果很容易上当，通常两个卖主应付一个买主，一个帮助买主挑挑拣拣，好话说尽，另一个专管打蒲包，手法利落，把已拣好的好货塞到桌下，用次货调包，再不然就是少放几个，买主回家发现徒呼负负而已。北平买卖人道德低落在民初即已开始，市场是最好的奸商表演特技的地方。不过市场的货色，至少从表面上看，是很漂亮诱人的。即以冰糖葫芦而论，除了琉璃厂信远斋的比较精致之外，没有比市场更好的。再往前走几步，有个卖豌豆黄的，长方的一块块，上面贴上一层山楂糕，装在纸匣里带回家去是很可口的一样甜点。

进后门右手有一座四层楼，也是火烧后的新建筑。这楼名为森隆，算是市场最高大的建筑物了。楼下一层是稻香村，顾名思义是专卖南货。当年北平卖南货的最初是前门外观音街的稻香村，道地的南货，店伙都是杭州人，出售的货色不外笋尖、素火腿、沙胡桃、甘草橄榄、半梅、笋豆、香蕈、火腿之类，附带着还卖杭垣舒莲记的折扇。沿街也偶有卖南货跑单帮的小贩。森隆的稻香村虽是后起，规模不小，除了南货也有北货。特制的糟蛋、醉蟹等都很出色。森隆楼上是餐馆，二楼中餐，三楼西餐，四楼素食。西菜很特别，中国菜味十足，显得土气，吃不惯道地西菜的人趋之若鹜。

进后门左转照直走，就看见吉祥茶园。当年富连成的科班经常在此上演，小孩儿戏常是成本大套的，因为人多，戏格外热闹，尤其是武戏，孩子们是真卖力气。谭富英、马连良出师不久常在这里演唱。戏园所在的地方，附近饮食业还能不发达？东来顺润明楼就在左边。东来顺是清真餐馆，以氽烤羊肉驰名，其实只是一个中级的馆子，价钱便宜，为大众所易接受，讲到货色就略嫌粗糙，片羊肉没有正阳楼片得薄，一切佐料也嫌简陋。因为生意好，永远是乱哄哄的，堂倌疲于奔命，顾客望而生畏。润明楼就更等而下之，只好以里脊丝拉皮为号召了，只是门前现烙现卖的褡裢火烧却是别处没有的，虽然油腻一点。右边有一家大鸿楼，比较晚开的，长于面点，所做的牛肉面，汤清碗大，那一块红亮的大块肥瘦肉，酥烂香嫩，一块不够可以双浇，大有上海的风味，爆鳝过桥也是一绝。

从吉祥戏院门口向右一转是一片空场，可是一个好去处。零食摊贩一个挨着一个。豆汁儿、灌肠、爆肚儿、豆腐脑、豆腐丝，应有尽有。最吸引人的是广场里卖艺的，耍坛子的，拉大篇的，耍狗熊的，耍猴儿的，还有变戏法的。我小时候常和我哥哥到市场看变戏法的，对于那神出鬼没、无中生有的把戏最感兴味。有一天寒风凛冽，一大群人围观，以小孩居多。变戏法的忽然取出一条大蛇，真的活的大蛇，举着蛇头绕场巡走一周，一面高呼："这蛇最爱吃小孩的鼻涕……"在场的小孩一个个的急忙举起袖子揩鼻涕，群众大笑。变戏法的在紧要关头倏的停止表演，拿起小锣就敲，"镗！镗！镗！""财从旺地起，请大家捧捧场。"坐在前排凳上的我哥哥和我从衣袋里掏出几个铜板往场地一丢，这时候场地上只有疏疏落落的二三十个铜板，通常一个人投一个铜板也就够了，我们俩投了四五个，变戏法的登时走了过来，高声说："列位看见了么，这两位哥儿们出手多大方！"这时候后面站着的观众一个个的拔腿就跑，变戏法的又高声叫:"这几位爷儿们不忙着跑啊,家里蒸着的窝头焦不了!"但是人还是差不多都跑光了。

从后门进来照直走,不远,右手有一家中兴号,本来是个绒线铺,实际上卖一切家用杂货,货物塞得满满的,生意茂盛。店主傅心斋精明强干,长袖善舞,交游广阔,是东安市场的一霸。绒线铺生意太好,他便在楼上开辟出一个中兴茶楼,在绒线铺中央安装一个又窄又陡的木梯,缘梯而上,直登茶楼。茶楼当然是卖茶,逛市场可以在此歇歇腿儿,也可以教伙计买各种零食送到楼上来,楼上还有几个雅座。傅掌柜的花样多,不久他卖起西餐来了。他对常来的茶客游说:"您尝尝我们的咖喱鸡,我现在就请您赏脸,求您品题,不算钱,您吃着好,以后多照顾。"一吃,果然不错。那时候在北平,吃西餐算时髦,一般人只知道咖喱的味道不错,不知道咖喱是什么东西,还以为咖喱是一种植物的果实,磨成粉就是咖喱粉,像咖啡豆之磨成咖啡那样。傅掌柜又说:"您吃着好,以后打个电话我们就送到府上,包管是滚热的,多给您带汤。"一块钱可以买四只小嫩鸡煮的整只咖喱鸡,一大锅汤。不久他又有了新猷:"您尝尝我们的牛扒。是从六国饭店请来的师傅。半生不熟的,外焦里嫩的,煎得熟透的,任凭您选择。"牛扒是北平的词儿,因为上海人读排为扒,北平人干脆写成为牛扒。中兴茶楼又拓展到对面的一层楼上,场面愈大,也学会了西车站食堂首创的奶油栗子粉。这一道甜点心,没人不欢迎,虽然我们中国的奶油品质差一点,打起来稀趴趴的不够坚实。

中兴的后身有两座楼,一个是丹桂商场,一个我忘了名字。这两座楼方形,中间是摊贩的空场,一个专卖七零八碎的小古董小玩意儿,一个是卖旧书。古董里可真有好东西,一座座玻璃罩的各种形式的座钟,虽然古老,煞是有趣。古钱币、鼻烟壶、珠宝景泰蓝等也不少。价钱没有一定,一般人不敢问津。北平特产的小宝剑、小挎刀是非常可爱的。我在摊子上买到过一个硬木制的放风筝用的线桃子,连同老弦,用了多少年都没有坏,而且使用起来灵活可喜。我也在书摊上买到过好几部明刻本诗集,有一部铅字排的仇注杜诗随身携带至今,书页都变成焦黄色了。

斜对着中兴有一家葆荣斋,卖西点,所做菠萝蛋糕、气鼓、咖啡糕等都还可以,只是粗糙一些,和法国面包房的东西不能比。老板姓氏不记得了,外号人称"二楞子",有人说他是太监,是否属实不得而知。市场西点后起的西点还有两家，起士林和国强，兼做冷饮小吃，年轻的人喜欢去吃点冰激凌什么的。有一家丰盛轩酪铺，虽不及门框胡同的，在东城也算是够标准的了，好像比东四牌楼南大街的要高明些。

越过起士林往南走，是一片空地，疏疏落落的有些草木，东头有一个集贤球房，远远的可以听到辘辘响，那是保龄球，据说那里也有台球。我从来没有进去过。那个时代好像只有纨绔子弟或市井无赖才去那种地方玩耍。

逛市场到此也差不多了，出南门便是王府井大街，如有兴致可以在中原公司附近一家茶馆听白云鹏唱大鼓，刘宝全不在了，白云鹏还唱一气，老气横秋，韵味十足。那家茶馆设备好，每位客人占大沙发一个，小茶几一个，舒适至极。

听完大鼓，回头走，走到金鱼胡同口，宝华春的盒子菜是有名的，酱肘子没有西单天福的那样肥，可是一样的烂，熏鸡、酱肉、小肚、熏肘、香肠无一不精，各买一小包带回家去下酒卷饼，十分美妙。隔壁天义顺酱园在东城一带无人不知，糖蒜固然好，甜酱萝卜更耐人寻味，北平的萝卜（象牙白）品质好，脆嫩而水分少，而且加糖适度，不像日本的腌渍那样死甜，也不像保定府三宗宝之一的酱菜那样死咸。我每次到杭州我舅舅家去，少不了带点随身土物，一整块宝华春青酱肉，一大篓天义顺酱萝卜，外加一盆月盛斋酱羊肉，两个大苤蓝，两把炕笤帚。这几样东西可以代表北平风物之一斑。

现在的北平变了。最近去过的人回来报道说，东安市场的名字没有了，原来的模样也不存在，许多许多好吃好玩的事物也徒留在记忆里，只是那块土地无恙。儿时流连的地方，悠闲享受的所在，均已去得无影无踪。仅仅三四十年的工夫，变化真大！

北平的四季

郁达夫

对于一个已经化为异物的故人,追怀起来,总要先想到他或她的好处;随后再慢慢地想想,则觉得当时所感到的一切坏处,也会变作很可寻味的一些纪念,在回忆里开花。关于一个曾经住过的旧地,觉得此生再也不会第二次去长住了,身处入了远离的一角,向这方向的云天遥望一下,回想起来的,自然也同样的只是它的好处。

中国的大都会,我前半生住过的地方,原也不在少数;可是当一个人静下来回想起从前,上海的闹热、南京的辽阔、广州的乌烟瘴气、汉口武昌的杂乱无章,甚至于青岛的清幽、福州的秀丽,以及杭州的沉着,总归都还比不上北京——我住在那里的时候,当然还是北京的典丽堂皇、幽闲清妙。

先说人的分子吧,在当时的北京——民国十一二年前后——上自军财阀政客名优起,中经学者名人,文士美女教育家,下而至于负贩拉车铺小摊的人,都可以谈谈,都有一技之长,而无憎人之貌;就是由荐头店荐来的老妈子,除上炕者是当然以外,也总是衣冠楚楚,看起来不觉得会令人讨嫌。

其次说到北京物质的供给哩,又是山珍海错,洋广杂货,以及萝卜白菜等本地产品,无一不备,无一不好的地方。所以在北京住上两三年的人,每一遇到要走的时候,总只感到北京的空气太沉闷,灰沙太暗淡,生活太无变化;一鞭走出,出前门便觉胸舒,过芦沟方知天晓,仿佛一出都门,就上了新生活开始的坦道似的;但是一年半载,在北京以外的各地——除了在自己幼年的故乡以外——去一住,谁也会得重想起北京,再希望回去,隐隐地对北京害起剧烈的怀乡病来。这一种经验,原是住过北京的人,个个都有,而在我自己,却感觉得格外地浓,格外地切。最大的原因或许是为了我那长子之骨,现在也还埋在郊外广谊园的坟山,而几位极要好的知己，又是在那里同时毙命的受难者的一群。

北平的人事品物，原是无一不可爱的，就是大家觉得最要不得的北平的天候，和地理联合上一起，在我也觉得是中国各大都会中所寻不出几处来的好地。为叙述的便利起见，想分成四季来约略地说说。

北平自入旧历的十月之后，就是灰沙满地、寒风刺骨的节季了，所以北平的冬天，是一般人所最怕过的日子。但是要想认识一个地方的特异之处，我以为顶好是当这特异处表现得最圆满的时候去领略；故而夏天去热带，寒天去北极，是我一向所持的哲理。北平的冬天，冷虽则比南方要冷得多，但是北方生活的伟大幽闲，也只有在冬季，使人感受得最彻底。

先说房屋的防寒装置吧，北方的住屋，并不同南方的摩登都市一样，用的是钢骨水泥，冷热气管；一般的北方人家，总只是矮矮的一所四合房，四面是很厚的泥墙；上面花厅内都有一张暖炕，一所回廊；廊子上是一带明窗，窗眼里糊着薄纸，薄纸内又装上风门，另外就没有什么了。在这样简陋的房屋之内，你只教把炉子一生，电灯一点，棉门帘一挂上，在屋里住着，却一辈子总是暖烘烘像是春三四月里的样子。尤其会得使你感觉到屋内的温软堪恋的，是屋外窗外面呜呜在叫啸的西北风。天色老是灰沉沉的，路上面也老是灰的围障，而从风尘灰土中下车，一踏进屋里，就觉得一团春气，包围在你的左右四周，使你马上就忘记了屋外的一切寒冬的苦楚。若是喜欢吃吃酒，烧烧羊肉锅的人，那冬天的北方生活，就更加不能够割舍；酒已经是御寒的妙药了，再加上以大蒜与羊肉酱油合煮的香味，简直可以使一室之内，涨满了白蒙蒙的水蒸温气。玻璃窗内，前半夜，会流下一条条的清汗，后半夜就变成了花色奇异的冰纹。

到了下雪的时候哩，景象当然又要一变。早晨从厚棉被里张开眼来，一室的清光，会使你的眼睛眩晕。在阳光照耀之下，雪也一粒一粒地放起光来了，蛰伏得很久的小鸟，在这时候会飞出来觅食振翎，谈天说地，吱吱地叫个不休。数日来的灰暗天空，愁云一扫，忽然变得澄清见底，翳障全无；于是年轻的北方住民，就可以营屋外的生活了，溜冰，做雪人，赶冰车雪车，就在这一种日子里最有劲儿。

我曾于这一种大雪时晴的傍晚，和几位朋友，跨上跛驴，出西直门上骆驼庄去过一夜。北平郊外的一片大雪地，无数枯树林，以及西山隐隐现现的不少白峰头，和时时吹来的几阵雪样的西北风,所给予人的印象,实在是深刻、伟大、神秘到了不可以言语来形容。直到十余年后的现在,我一想起当时的情景,还会得打一个寒战而吐一口清气,如同在钓鱼台溪旁立着的一瞬间一样。

北国的冬宵,更是一个特别适合于看书、写信、追思过去与作闲谈说废话的绝妙时间。记得当时我们弟兄三人,都住在北京,每到了冬天的晚上,总不远千里地走拢来聚在一道,会谈少年时候在故乡所遇所见的事事物物。小孩们上床去了,佣人们也都去睡觉了,我们弟兄三个,还会得再加一次煤、再加一次煤地长谈下去。有几宵因为屋外面风紧天寒之故,到了后半夜的一二点钟的时候,便不约而同地会说出索性坐坐到天亮的话来。像这一种可宝贵的记忆,像这一种最深沉的情调,本来也就是一生中不能够多享受几次的昙花佳境,可是若不是在北平的冬天的夜里,那趣味也一定不会得像如此的悠长。

总而言之,北平的冬季,是想赏识赏识北方异味者之唯一的机会;这一季里的好处,这一季里的琐事杂忆,若要详细地写起来,总也有一部《帝京景物略》那么大的书好做;我只记下了一点点自身的经历,就觉得过长了,下面只能再来略写一点春和夏以及秋季的感怀梦境，聊作我的对这日就沦亡的故国的哀歌。

春与秋，本来是在什么地方都属可爱的时节，但在北平，却与别地方也有点儿两样。北国的春，来得较迟，所以时间也比较短。西北风停后，积雪渐渐地消了，赶牲口的车夫身上，看不见那件光板老羊皮的大袄的时候，你就得预备着游春的服饰与金钱；因为春来也无信，春去也无踪，眼睛一眨，在北平市内，春光就会得同飞马似的溜过。屋内的炉子，刚拆去不久，说不定你就马上得去叫盖凉棚的才行。

而北方春天的最值得记忆的痕迹，是城厢内外的那一层新绿，同洪水似的新绿。北京城，本来就是一个只见树木不见屋顶的绿色的都会，一踏出九城的门户，四面的黄土坡上，更是杂树丛生的森林地了；在日光里颤抖着的嫩绿的波浪，油光光，亮晶晶，若是神经系统不十分健全的人，骤然间身入这一个淡绿色的海洋涛浪里去一看，包管你要张不开眼，立不住脚，而昏厥过去。

北平市内外的新绿，琼岛春阴，西山挹翠诸景里的新绿，真是一幅何等奇伟的外光派的妙画！但是这画的框子，或者简直说这画的画布，现在却已经完全掌握在一只满长着黑毛的巨魔的手里了！北望中原，究竟要到哪一日才能够重见得到天日呢？

从地势纬度上讲来，北方的夏天，当然要比南方的夏天来得凉爽。在北平城里过夏，实在是并没有上北戴河或西山去避暑的必要。一天到晚，最热的时候，只有中午到午后三四点钟的几个钟头，晚上太阳一下山，总没有一处不是凉阴阴要穿单衫才能过去的；半夜以后，更是非盖薄棉被不可了。而北平的天然冰的便宜耐久，又是夏天住过北平的人所忘不了的一件恩惠。

我在北平，曾经过过三个夏天；像什刹海、菱角沟、二闸等暑天游耍的地方，当然是都到过的；但是在三伏的当中，不问是白天或是晚上，你只教有一张藤榻，搬到院子里的葡萄架下或藤花阴处去躺着，吃吃冰茶雪藕，听听盲人的鼓词与树上的蝉鸣，也可以一点儿也感不到炎热与薰蒸。而夏天最热的时候，在北平顶多总不过九十四五度，这一种大热的天气，全夏顶多顶多又不过十日的样子。

在北平，春夏秋的三季，是连成一片；一年之中，仿佛只有一段寒冷的时期，和一段比较温暖的时期相对立。由春到夏，是短短的一瞬间，自夏到秋，也只觉得是过了一次午睡，就有点儿凉冷起来了。因此，北方的秋季也特别地觉得长，而秋天的回味，也更觉得比别处来得浓厚。前两年，因去北戴河回来，我曾在北平过过一个秋，在那时候，已经写过一篇《故都的秋》，对这北平的秋季颂赞过一遍了，所以在这里不想再来重复；可是北平近郊的秋色，实在也正像是一册百读不厌的奇书，使你愈翻愈会感兴趣。

秋高气爽，风日晴和的早晨，你且骑着一匹驴子，上西山八大处或玉泉山碧云寺去走走看；山上的红柿，远处的烟树人家，郊野里的芦苇黍稷，以及在驴背上驮着生果进城来卖的农户佃家，包管你看一个月也不会看厌。春秋两季，本来是到处好的，但是北方的秋空，看起来似乎更高一点，北方的空气，吸起来似乎更干燥健全一点。而那一种草木摇落，金风肃杀之感，在北方似乎也更觉得要严肃、凄凉、沉静得多。你若不信，你且去西山脚下，农民的家里或古寺的殿前，自阴历八月至十月下旬，去住它三个月看看。古人的"悲哉秋之为气"以及"胡笳互动，牧马悲鸣"的那一种哀感，在南方是不大感觉得到的，但在北平，尤其是在郊外，你真会得感至极而涕零，思千里兮命驾。所以我说，北平的秋，才是真正的秋；南方的秋天，不过是英国话里所说的

Indian Summer（印第安的夏天）或叫作小春天气而已。

统观北平的四季，每季每节，都有它的特别的好处；冬天是室内饮食奄息的时期，秋天是郊外走马调鹰的日子，春天好看新绿，夏天饱受清凉。至于各节各季，正当移换中的一段时间哩，又是别一种情趣，是一种两不相连，而又两都相合的中间风味，如雍和宫的打鬼、净业庵的放灯、丰台的看芍药、万牲园的寻梅花之类。

五六百年来文化所聚萃的北平，一年四季无一月不好的北平，我在遥忆，我也在深祝，祝她的平安进展，永久地为我们黄帝子孙所保有的旧都城！

翡冷翠山居闲话

徐志摩

在这里出门散步去，上山或是下山，在一个晴好的五月的向晚，正像是去赴一个美的宴会，比如去一果子园，那边每株树上都是满挂着诗情最秀逸的果实，假如你单是站着看还不满意时，只要你一伸手就可以采取，可以恣尝鲜味，足够你性灵的迷醉。阳光正好暖和，绝不过暖；风息是温驯的，而且往往因为他是从繁花的山林里吹度过来他带来一股幽远的澹香，连着一息滋润的水气，摩挲着你的颜面，轻绕着你的肩腰，就这单纯的呼吸已是无穷的愉快；空气总是明净的，近谷内不生烟，远山上不起霭，那美秀风景的全部正像画片似的展露在你的眼前，供你闲暇的鉴赏。

做客山中的妙处，尤在你永不须踌躇你的服色与体态；你不妨摇曳着一头的蓬草，不妨纵容你满腮的苔藓；你爱穿什么就穿什么；扮一个牧童，扮一个渔翁，装一个农夫，装一个走江湖的桀卜闪，装一个猎户；你再不必提心整理你的领结，你尽可以不用领结，给你的颈根与胸膛一半日的自由，你可以拿一条这边艳色的长巾包在你的头上，学一个太平军的头目，或是拜伦那埃及装的姿态；但最要紧的是穿上你最旧的旧鞋，别管他模样不佳，他们是顶可爱的好友，他们承着你的体重却不叫你记起你还有一双脚在你的底下。

这样的玩顶好是不要约伴，我竟想严格的取缔，只许你独身；因为有了伴多少总得叫你分心，尤其是年轻的女伴，那是最危险最专制不过的旅伴，你应得躲避她像你躲避青草里一条美丽的花蛇！平常我们从自己家里走到朋友的家里，或是我们执事的地方，那无非是在同一个大牢里从一间狱室移到另一间狱室去，拘束永远跟着我们，自由永远寻不到我们；但在这春夏间美秀的山中或乡间你要是有机会独身闲逛时，那才是你福星高照的时候，那才是你实际领受，亲口尝味,自由与自在的时候,那才是你肉体与灵魂行动一致的时候。朋友们,我们多长一岁年纪往往只是加重我们头上的枷,加紧我们脚胫上的链,我们见小孩子在草里在沙堆里在浅水里打滚作乐,或是看见小猫追他自己的尾巴,何尝没有羡慕的时候,但我们的枷、我们的链永远是制定我们行动的上司!所以只有你单身奔赴大自然的怀抱时,像一个裸体的小孩扑入他母亲的怀抱时,你才知道灵魂的愉快是怎样的,单是活着的快乐是怎样的,单就呼吸单就走道单就张眼看耸耳听的幸福是怎样的。因此你得严格地为己,极端的自私,只许你,体魄与性灵与自然同在一个脉搏里跳动,同在一个音波里起伏,同在一个神奇的宇宙里自得。我们浑朴的天真是像含羞草似的娇柔,一经同伴的抵触,他就卷了起来,但在澄静的日光下、和风中,他的姿态是自然的,他的生活是无阻碍的。

你一个人漫游的时候,你就会在青草里坐地仰卧,甚至有时打滚,因为草的和暖的颜色自然地唤起你童稚的活泼;在静僻的道上你就会不自主地狂舞,看着你自己的身影幻出种种诡异的变相,因为道旁树木的阴影在他们迂徐的婆娑里暗示你舞蹈的快乐；你也会得信口的歌唱，偶尔记起断片的音调，与你自己随口的小曲，因为树林中的莺燕告诉你春光是应得赞美的；更不必说你的胸襟自然会跟着曼长的山径开拓，你的心会看着澄蓝的天空静定，你的思想和着山壑间的水声，山罅里的泉响，有时一澄到底的清澈，有时激起成章的波动，流，流，流入凉爽的橄榄林中，流入妩媚的阿诺河去……

并且你不但不须应伴，每逢这样的游行，你也不必带书。书是理想的伴侣，但你应得带书，是在火车上，在你住处的客室里，不是在你独身漫步的时候。什么伟大的、深沉的、鼓舞的、清明的、优美的思想的根源不是可以在风籁中，云彩里，山势与地形的起伏里，花草的颜色与香息里寻得？自然是最伟大的一部书，葛德说，在他每一页的字句里我们读得最深奥的消息。并且这书上的文字是人人懂得的；阿尔帕斯与五老峰，雪西里与普陀山，莱茵河与扬子江，梨梦湖与西子湖，建兰与琼花，杭州西溪的芦雪与威尼市夕照的红潮，百灵与夜莺，更不提一般黄的黄麦，一般紫的紫藤，一般青的青草同在大地上生长，同在和风中波动——他

总有人间一两风
填我十万八千梦

们应用的符号是永远一致的,他们的意义是永远明显的,只要你自己性灵上不长疮瘢,眼不盲,耳不塞,这无形迹的最高等教育便永远是你的名分,这不取费的最珍贵的补剂便永远供你的受用;只要你认识了这一部书,你在这世界上寂寞时便不寂寞,穷困时不穷困,苦恼时有安慰,挫折时有鼓励,软弱时有督责,迷失时有南针。

不旅行记

老舍

四五年来,除非有要紧的事,简直没有出过门。不是不爱旅行,是怕由旅行而来的那些别扭。我能走路,不怕吃苦,按说该常出去跑跑了,可是我害怕,于是"没有地方比家里好"就几乎成了格言。

跟许多人一块旅行,领教过了,不敢再往前巴结。十个人十个意见,游遍了全球,还是十个意见。甲要看山,乙主张先去买东西,而丙以为应先玩八圈小牌,途上不打死一个半个的就算幸事。意见既不一致,而且人人想占便宜,就是咱处处讲退让,也有受不了的时候。比如说:人家睡床,让咱睡地,咱当然不说什么。可是及至人家摸到臭虫而往地上扔，咱就是木头人也似乎应当再把臭虫扔回去，这就非开仗不可了。再说呢，人多胆大，凡是平常不敢做的都要做。谁都晓得农民的疾苦，平常也老喊着到乡间去；及至十来位文明人到了乡间，偷果子，踏青苗，什么不得人心的事都干得出。举此一例，已足使人望而生畏；要旅行，我一个人走。

可是一个人又寂寞。顶好找个地理熟、人性好、彼此说得来的，而且都不慌不忙地慢慢地走、细细地看。这个伴儿上哪里找呢？即使找到，他多半是没功夫；及至他有了空闲，我又不定怎样。

不论独自走还是有了好伴儿吧，路上的别扭事儿还多得很呢。比如在火车上，三等车的挤与脏，咱都能受，但是受不了查票员那份儿神气。我要是杀了他，自然觉得痛快一些，可是抵起命来也是我的事，似乎就稍差一点儿，于是心中就老痛快不了。其次就是拿免票或"托付"过了的人，也使我吃不住。这种人多半是非常地精明，懂世面，在行动上处处表现着他们的优越，使有票的人觉得自己简直不成东西。有票的人立着，没票的人坐着，有票的人坐着，没票的人躺着，彼此间老差着一等。假若我要争平等而战，苦子是我的，在法律上与人情上都不允许有票的人胜利。生气，活该！车上卖烟卷与面包的小贩也够办。他使我感到花钱买东西是多么下贱的事，而我又不愿给他一角钱而跪接十支"大长城"。赶到下了车，出了站台，洋车上"大升栈吧"的围困倒是小事。因为这近乎人情，谁不想拉到买卖呢。我受不了那拍拍的鞭声、维持秩序的鞭声。它使我做梦还哆嗦！

旅馆，又是个大问题。好的贵，住不起。坏的真脏，这且不提，敲竹杠太不受用。只好住中等的，臭虫不多，也不少，恰恰中等；屋中有红漆马桶，独自享用。这都好，假如能平安睡觉的话。但是中等旅客总不喜欢睡觉，牌声、电话声、唱戏声，昼夜不停，好一片太平景象，只苦了我这非要睡觉不可的。

旅馆多困难，找亲戚吧。这也有不少难处：太熟的人不能找，他们不拿客人待你，本系好事，可是一家八口全把几年中积下来的陈谷子烂芝麻对你细讲，夜以继日，你怎么办呢？我没办法。碰巧了呢，他们全出去有事，而托我看家，我算干什么的呢？还有一样，他们住惯了那个地方，看什么也不出奇，所以我一提出去，他们仿佛就以为我看不起他们，而偏疼他们的地方……生朋友自然不能找，连偶然遇见都了不得。他一定得请我吃饭，我一定得还席；他一定得捏着鼻子陪我逛逛，我一定得捏着鼻子买些谢礼；他一定得说我发了福，我一定得说他的孩子长了身量……这不是旅行。

住学校或青年会比较好些，可是必得带着讲演稿子，一定得请演说。讲完了，第二天报纸上总会骂上一大顿，即使讲得没什么毛病，也会嫌讲演者脸上有点麻子。

幸而找到了个理想的地方，人不知鬼不觉地玩个痛快，可是等到回了家，多少会有几封信来骂阵："怎么不来看看我们！""怎么这等看不起人！"……赶紧得写信道歉，说我生平所最不爱说的谎。就是外面不来这些信，家里的人和亲友们也不能善罢甘休啊！大老远的回来，连点土物也不带？就是不带礼物吧，总该来看看我们吧……我的罪孽深重！反之，我真把先施公司给他们搬了来，他们也许有相当的满意，可是明火绑票我也受不了！

这都是些小事，自然；可是真别扭！莫若家里一蹲，趁早不必劳民伤财。作不旅行记。

好容易过了端午节

梁实秋

好容易过了端午节！我昨天一天以内，因为受了精神上压迫，头部和背部流出来的汗，聚在一起，恐怕要在一加仑以上。为什么要在端午节那天出这些汗呢？这就一言难尽了，容我分作许多言来说吧。

过端午节，吃粽子，喝雄黄酒，悬菖蒲，这些事都很足以令人乐观，做起来也无须出汗，但是除此以外，还有一件极重大的事，先生小姐们，这件事在你们也许不大理会，但是在我就是一件性命交关的事，这件事便是还账！柴，米，两项大宗的账，不能不还的。但是店铺也真太不原谅人，还账只准用钱还，而我所缺乏的只是钱。

总有人间一两风
填我十万八千梦

一清早,叩门声甚急,我战战兢兢地开了门,只见一位着短衣的人,手里拿着一张纸条,问我:"这里是姓王吗?"我登时面无人色,吞吞吐吐地从喉咙深处哼出一声:"是的!"我伸手把字条接过来,心里想着也不必看了,一定是来要钱的。我懒洋洋地走上楼,像是小孩子上学似的,一步一步地挨着走,心里真有一点悲哀。前天到当铺里当得五块钱,这一笔账还可以付,第二笔便无法付了。我把钱拿在手里,低头一看账单,咦!哪里是一张账单,上面分明写着:"王兄:兹送上枇杷一筐,诸希哂纳是幸。弟李思缘拜。"原来李先生送节礼来了。我笑了。

"喂,你把那筐枇杷拿进来吧……这是给你的酒力钱……回去谢谢李先生啊!……"

那个人笑嘻嘻的,我也笑嘻嘻的。那个人看了我一眼,我可是没有敢望他。他走了。我也上了楼,把那五块宝贝钱重新收起,把一颗枇杷塞进口内。

嗒!嗒!嗒!又有人叫门了。我自己明白,这一回恐怕逃不过去。我怕吓破了胆子,力求我的太太下楼去开门。她倒胆大,把门开了,只见挤进了半个戴绿帽穿绿衣的人。因为我的太太只开了半尺来宽的门缝,所以只挤进了半个人,还有半个在门外。"你有什么事？"

那半个人说："我来拜节。"

一角钱从我太太的衣袋里走了出去；那半个人从大门缝退了出去。

平平安安地又过了半点钟。忽的又有人叫门了！大门开处，只见又有半个戴绿帽穿绿衣的人挤了进来。他说他也是来拜节的。我心里猜想，一定是方才没有挤进来的那半个人。经我严重质问之后，才知道他是送快信的，与方才来的那半个人不是一回事。于是乎我又付了一角钱的拜节账。

我的太太曰："讨账的虽尚未来，而拜节的则纷至不已，呜呼，此地岂可久居？"

我曰："然则走乎？"

我们走了。走到一个顶远的地方，走出了许多的时候。天黑了，我们回来，娘姨表示热烈的欢迎，她说："啊哟哟！柴店和米店的伙计自从你们走后就来了，守候了一天，饿不过才走的……"

我就这样地战胜了端午节。

我慢慢相信,每一个活过的人,都能给后人的路途上添些光亮,也许是一颗巨星,也许是一把火炬,也许只是一支含泪的烛光……

第四章

像风走了八千里,
不问归期

月是故乡明

季羡林

每个人都有个故乡，人人的故乡都有个月亮，人人都爱自己故乡的月亮。事情大概就是这个样子。

但是，如果只有孤零零一个月亮，未免显得有点孤单。因此，在中国古代诗文中，月亮总有什么东西当陪衬，最多的是山和水，什么"山高月小""三潭印月"等等，不可胜数。

我的故乡在山东西北部大平原上。我小时候从来没有见过山，也不知山为何物。我曾幻想，山大概是一个圆而粗的柱子吧，顶天立地，好不威风，以后到了济南，才见到山，恍然大悟：山原来是这个样子呀。因此我在故乡里望月，从来不同山联系。像苏东坡说的"月出于东山之上,徘徊于斗牛之间",完全是我无法想象的。

至于水,我故乡小村却大大地有。几个大苇坑占了小村面积一多半。在我这个小孩子眼中,虽不能像洞庭湖"八月湖水平"那样有气派,但也颇有一点烟波浩渺之势。到夏天黄昏以后,我在坑边场院里躺在地上,数天上的星星。有时候在古柳下面点起篝火,然后上树一摇,成群的知了飞落下来。比白天用嚼烂的麦粒去粘要容易得多。我天天晚上乐此不疲,天天盼望黄昏早早来临。

到了更晚的时候,我走到坑边,抬头看到晴空一轮明月,清光四溢,与水里的那个月亮相映成趣。我当时虽然还不懂什么叫诗兴,但也顾而乐之,心中油然有什么东西在萌动。有时候在坑边玩很久,才回家睡觉。在梦中见到两个月亮叠在一起,清光更加晶莹澄澈。第二天一早起来,到坑边苇子丛里去捡鸭子下的蛋。白白地一闪光,手伸向水中,一摸就是一个蛋。此时更是乐不可支了。

我只在故乡待了六年,以后就离乡背井,漂泊天涯。在济南住了十多年,在北京度过四年,又回到济南待了一年,然后在欧洲住了近十一年,重又回到北京,到现在已经四十多年了。在这期间,我曾到过世界上将近三十个国家,看过许许多多月亮。在风光旖旎的瑞士莱芒湖上,在平沙无垠的非洲大沙漠中,在碧波万顷的大海中,在巍峨雄奇的高山上,我都看到过月亮,这些月亮应该说都是美妙绝伦的,我都异常喜欢。但是,看到它们,我立刻就想到我故乡中那个苇坑上面和水中的那个小月亮。对比之下,无论如何我也感到,这些广阔世界的大月亮,万万比不上我那心爱的小月亮。不管我离开故乡多少万里,我的心立刻就飞来了。我的小月亮,我永远忘不掉你!

我现在年近耄耋。住的朗润园是燕园胜地。此地有茂林修竹,绿水环流,还有几座土山,点缀其间,风光无疑是绝妙的。前几年,我从庐山休养回来,一个同在庐山休养的老朋友来看我。他看到这样的风光,慨然说:"你住在这样的好地方,还到庐山去干吗呢!"可见朗润园给人印象之深。此地既然有山,有水,有树,有竹,有花,有鸟,每逢望夜,一轮当空,月光闪耀于碧波之上,上下空蒙,一碧数顷,而且荷香远溢,宿鸟幽鸣,真不能不说是赏月胜地。荷塘月色的奇景,就在我的窗外。不管是谁来到这里,难道还能不顾而乐之吗?

然而，每值这样的良辰美景，我想到的却仍然是故乡苇坑里的那个平凡的小月亮。见月思乡，已经成为我经常的经历。思乡之病，说不上是苦是乐，其中有追忆，有惆怅，有留恋，有惋惜。流光如逝，时不再来。在微苦中实有甜美在。月是故乡明。我什么时候能够再看到我故乡里的月亮呀！我怅望南天，心飞向故里。

我所生长的地方

沈从文

拿起我这支笔来,想写点我在这地面上二十年所过的日子,所见的人物,所听的声音,所嗅的气味;也就是说我真真实实所受的人生教育,首先提到一个我从那儿生长的边疆僻地小城时,实在不知道怎样来着手就较方便些。我应当照城市中人的口吻来说,这真是一个古怪地方!只由于两百年前满人治理中国土地时,为镇抚残余苗族,派遣了一队戍卒屯丁驻扎,方有了城堡与居民。这古怪地方的成立与一切过去,有一部《苗防备览》记载了些官方文件,但那只是一部枯燥无味的官书。我想把我一篇作品里所简单描绘过的那个小城,介绍到这里来。这虽然只是一个轮廓,但那地方的一切情景，欲浮凸起来，仿佛可用手去触摸。

一个好事人，若从二百年前某种较旧一点儿的地图上去寻找，当可在黔北、川东、湘西一处极偏僻的角隅上，发现了一个名为"镇筸"的小点。那里同别的小点一样，事实上应当有一个城市，在那个城市中，安顿下三五千人口。不过一切城市的存在，大部分都在交通、物产、经济活动情形下面，成为那个城市枯荣的因缘，这一个地方，却以另外一个意义无所依附而独立存在。试将那个用粗糙而坚实的巨大石头砌成的圆城作为中心，向四方展开，围绕这边疆僻地的孤城，约有五百左右的碉堡，二百左右的营汛。碉堡各用大石块堆成，位置在山顶头，随了山岭脉络蜿蜒各处走去；营汛各位置在驿路上，布置得极有秩序。这些东西在一百八十年前，是按照一种精密的计划，各保持相当距离，在周围数百里内，平均分配下来，解决了退守一隅常作"蠢动"的边苗"叛变"的。到如今，一切完事了，碉堡多数业已毁掉了，营汛多数成为民房了，人民已大半同化了。落日黄昏时节，站到那个巍然独在万山环绕的孤城高处，眺望那些远近残毁的碉堡，还可依稀想见当时角鼓火炬传警告急的光景。这地方到今日，已因为变成另外一种军事重心，一切皆用一种迅

总有人间一两风
填我十万八千梦

速的姿势在改变，在进步，同时这种进步，也就正消灭到过去一切。

凡有机会追随了屈原溯江而行那条长年澄清的沅水，向上游击的旅客和商人，若打量由陆路入黔入川，不经古夜郎国，不经永顺、龙山，都应当明白"镇筸"是个可以安顿他的行李最可靠也是最舒服的地方。那里土匪的名称不习惯于一般人的耳朵。兵卒纯善如平民，与人无侮无扰。农民勇敢而安分，且莫不敬神守法。商人各负担了花纱同货物，洒脱地向深山中村庄走去，同平民作有无交易，谋取什一之利。地方统治者分数种：最上为天神，其次为官，又其次才为村长同执行巫术的神的侍奉者。人人洁身信神，守法爱官。每家俱有兵役，可按月各自到营上领取一点儿银子、一份米粮，且可从官家领取二百年前被政府所没收的公田耕耨播种。城中人每年各按照家中有无，到天王庙会杀猪，宰羊，磔狗，献鸡，献鱼，求神保佑五谷的繁殖、六畜的兴旺、儿女的长成，以及作疾病婚丧的禳解。人人皆依本分担负官府所分派的捐款，又自动地捐钱与庙祝或单独执行巫术者。一切事保持一种淳朴习惯，遵从古礼；春秋二季农事起始与结束时，照例有年老人向各处人家敛钱，给社稷神唱木傀儡戏。旱暵祈雨，便有小孩子共同抬了活狗，带上柳条，或扎成草龙各处走去。春天常有春官，穿黄衣各处念农事歌词。岁暮年末居民便装饰红衣傩神于家中正屋，捶大鼓如雷鸣，苗巫穿鲜红如血的衣服，吹镂银牛角，拿铜刀，踊跃歌舞娱神。城中的住民，多当时派遣移来的戍卒屯丁。此外则有江西人在此卖布，福建人在此卖烟，广东人在此卖药。地方由少数读书人与多数军官，在政治上与婚姻上两面的结合，产生一个上层阶级，这阶级一方面用一种保守稳健的政策，长时期管理政治，一方面支配了大部分属于私有的土地；而这阶级的来源，却又仍然出于当年的戍卒屯丁，地方城外山坡上产桐树杉树，矿坑中有朱砂水银，松林里生菌子，山洞中多硝。城乡全不缺少勇敢忠诚、适于理想的兵士，与温柔耐劳、适于家庭的妇人。在军校阶级厨房中，出异常可口的菜饭；在伐树砍柴人口中，出热情优美的歌声。

地方东南四十里接近大河，一道河流肥沃了平衍的两岸，多米，多橘柚。西北二十里后，即已渐入高原，近抵苗乡，万山重叠。大小重叠的山中，大杉树以长年深绿逼人的颜色，蔓延各处。一道小河从高山绝涧中流出，汇集了万山细流，沿了两岸有杉树林的河沟奔驶而过，农民各就河边编缚竹子做成水车，引河中流水，灌溉高处的山田。河水长年清澈，其中多鳜鱼、鲫鱼、鲤鱼，大的比人脚板还大。河岸上那些人家里，常常可以见到白脸长身见人善作媚笑的女子。小河水流环绕"镇筸"北城下驶，到一百七十里后方汇入辰河，直抵洞庭。

这地方又名凤凰厅，到民国后便改成了县治，名凤凰县。辛亥革命后，湘西镇守使与辰沅道皆驻节在此地。地方居民不过五六千，驻防各处的正规兵士却有七千。由于环境的不同，直到现在其地绿营兵役制度尚保存不废，为中国绿营军制唯一残留之物。

我就生长在这样一个小城里，将近十五岁时方离开。出门两年半回过那小城一次以后，直到现在为止，那城门我没再进去过。但那地方我是熟习的。现在还有许多人生活在那个城市里，我却常常生活在那个小城过去给我的印象里。

乌篷船

周作人

子荣君：

接到手书，知道你要到我的故乡去，叫我给你一点什么指导。老实说，我的故乡，真正觉得可怀恋的地方，并不是那里；但是因为在那里生长，住过十多年，究竟知道一点情形，所以写这一封信告诉你。

我所要告诉你的，并不是那里的风土人情，那是写不尽的，但是你到那里一看也就会明白的，不必啰唆地多讲。我要说的是一种很有趣的东西，这便是船。你在家乡平常总坐人力车，电车，或是汽车，但在我的故乡那里这些都没有，除了在城内或山上是用轿子以外，普通代步都是用船。船有两种,普通坐的都是"乌篷船",白篷的大抵作航船用,坐夜航船到西陵去也有特别的风趣,但是你总不便坐,所以我也就可以不说了。乌篷船大的为"四明瓦",小的为脚划船,亦称小船。但是最适用的还是在这中间的"三道",亦即三明瓦。篷是半圆形的,用竹片编成,中夹竹箬,上涂黑油;在两扇"定篷"之间放着一扇遮阳,也是半圆的,木作格子,嵌着一片片的小鱼鳞,径约一寸,颇有点透明,略似玻璃而坚韧耐用,这就称为明瓦。三明瓦者,谓其中舱有两道,后舱有一道明瓦也。船尾用橹,大抵两支,船首有竹篙,用以定船。船头着眉目,状如老虎,但似在微笑,颇滑稽而不可怕,唯白篷船则无之。三道船篷之高大约可以使你直立,舱宽可以放下一顶方桌,四个人坐着打马将,——这个恐怕你也已学会了罢?小船则真是一叶扁舟,你坐在船底席上,篷顶离你的头有两三寸,你的两手可以搁在左右的舷上,还把手都露出外边。在这种船里仿佛是在水面上坐,靠近田岸去时泥土便和你的眼鼻接近,而且遇着风浪,或是坐得少不小心,就会船底朝天,发生危险,但是也颇有趣味,是水乡的一种特色。不过你总可以不必去坐,最好还是坐那三道船罢。

你如坐船出去，可是不能像坐电车的那样性急，立刻盼望走到。倘若出城，走三四十里路（我们那里的里程是很短，一里才及英里三分之一），来回总要预备一天。你坐在船上，应该是游山的态度，看看四周物色，随处可见的山，岸旁的乌桕，河边的红蓼和白𬞟，渔舍，各式各样的桥，困倦的时候睡在舱中拿出随笔来看，或者冲一碗清茶喝喝。偏门外的鉴湖一带，贺家池，壶觞左近，我都是欢喜的，或者往娄公埠骑驴去游兰亭（但我劝你还是步行，骑驴或者于你不很相宜），到得暮色苍然的时候进城上都挂着薜荔的东门来，倒是颇有趣味的事。倘若路上不平静，你往杭州去时可于下午开船，黄昏时候的景色正最好看，只可惜这一带地方的名字我都忘记了。夜间睡在舱中，听水声橹声，来往船只的招呼声，以及乡间的犬吠鸡鸣，也都很有意思。雇一只船到乡下去看庙戏，可以了解中国旧戏的真趣味，而且在船上行动自如，要看就看，要睡就睡，要喝酒就喝酒，我觉得也可以算是理想的行乐法。只可惜讲维新以来这些演剧与迎会都已禁止，中产阶级的低能人别在"布业会馆"等处建起

"海式"的戏场来,请大家买票看上海的猫儿戏。这些地方你千万不要去。——你到我那故乡,恐怕没有一个人认得,我又因为在教书不能陪你去玩,坐夜船,谈闲天,实在抱歉而且惆怅,川岛君夫妇现在偶山下,本来可以给你介绍,但是你到那里的时候他们恐怕已经离开故乡了。初寒,善自珍重,不尽。

故都的秋

郁达夫

秋天，无论在什么地方的秋天，总是好的；可是啊，北国的秋，却特别地来得清，来得静，来得悲凉。我的不远千里，要从杭州赶上青岛，更要从青岛赶上北平来的理由，也不过想饱尝一尝这"秋"，这故都的秋味。

江南，秋当然也是有的，但草木凋得慢，空气来得润，天的颜色显得淡，并且又时常多雨而少风；一个人夹在苏州、上海、杭州，或厦门、香港、广州的市民中间，混混沌沌地过去，只能感到一点点清凉，秋的味、秋的色、秋的意境与姿态，总看不饱，尝不透，赏玩不到十足。秋并不是名花，也并不是美酒，那一种半开、半醉的状态，在领略秋的过程上，是不合式的。

不逢北国之秋，已将近十余年了。在南方每年到了秋天，总要想起陶然亭的芦花，钓鱼台的柳影，西山的虫唱，玉泉的夜月，潭柘寺的钟声。在北平即使不出门去罢，就是在皇城人海之中，租人家一椽破屋来住着，早晨起来，泡一碗浓茶，向院子一坐，你也能看得到很高很高的碧绿的天色，听得到青天下驯鸽的飞声。从槐树叶底，朝东细数着一丝一丝漏下来的日光，或在破壁腰中，静对着像喇叭似的牵牛花（朝荣）的蓝朵，自然而然地也能够感觉到十分的秋意。说到了牵牛花，我以为以蓝色或白色者为佳，紫黑色次之，淡红者最下。最好，还要在牵牛花的花底，教长着几根疏疏落落的尖细且长的秋草，使作陪衬。

北国的槐树，也是一种能使人联想起秋来的点缀。像花而又不是花的那一种落蕊，早晨起来，会铺得满地。脚踏上去，声音也没有，气味也没有，只能感出一点点极微细极柔软的触觉。扫街的在树影下一阵扫后，灰土上留下来的一条条扫帚的丝纹，看起来既觉得细腻，又觉得清闲，潜意识下并且还觉得有点儿落寞，古人所说的梧桐一叶而天下知秋的遥想，大约也就在这些深沉的地方。

秋蝉衰弱的残声，更是北国的特产；因为北平处处全长着树，屋子又低，所以无论在什么地方，都听得见它们的啼唱。在南方是非要上郊外或山上去才听得到的。这秋蝉的嘶叫，在北平可和蟋蟀耗子一样，简直像是家家户户都养在家里的家虫。

还有秋雨哩，北方的秋雨，也似乎比南方的下得奇，下得有味，下得更像样。

在灰沉沉的天底下，忽而来一阵凉风，便息列索落地下起雨来了。一层雨过，云渐渐地卷向了西去，天又青了，太阳又露出脸来了；穿着很厚的青布单衣或夹袄的都市闲人，咬着烟管，在雨后的斜桥影里，上桥头树底去一立，遇见熟人，便会用了缓慢悠闲的声调，微叹着互答着地说：

"唉，天可真凉了——"（这了字念得很高，拖得很长。）

"可不是么？一层秋雨一层凉啦！"

北方人念"阵"字，总老像是"层"字，平平仄仄起来，这念错的歧韵，倒来得正好。

北方的果树，到秋来也是一种奇景。第一是枣子树；屋角，墙头，茅房边上，灶房门口，它都会一株株的长大起来。像橄榄又像鸽蛋似的这枣子颗儿，在小椭圆形的细叶

> 总有人间一两风
> 填我十万八千梦

中间，显出淡绿微黄的颜色的时候，正是秋的全盛时期；等枣树叶落，枣子红完，西北风就要起来了，北方便是尘沙灰土的世界，只有这枣子、柿子、葡萄，成熟到八九分的七八月之交，是北国清秋的佳日，是一年之中最好也没有的Golden Days（黄金时节）。

有些批评家说，中国的文人学士，尤其是诗人，都带着很浓厚的颓废色彩，所以中国的诗文里，颂赞秋的文字特别的多。但外国的诗人，又何尝不然？我虽则外国诗文念得不多，也不想开出账来，做一篇秋的诗歌散文抄，但你若去一翻英德法意等诗人的集子，或各国的诗文的Anthology（选集）来，总能够看到许多关于秋的歌颂与悲啼。各著名的大诗人的长篇田园诗或四季诗里，也总以关于秋的部分，写得最出色而最有味。足见有感觉的动物，有情趣的人类，对于秋，总是一样的能特别引起深沉、幽远、严厉、萧索的感触来的。不单是诗人，就是被关闭在牢狱里的囚犯，到了秋来，我想也一定会感到一种不能自已的深情；秋之于人，何尝有国别，更何尝有人种阶级的区别呢？不过在中国，文字里有一个"秋士"的成语，读本里又有着很普遍的欧阳子的《秋声》与苏东坡的《赤壁赋》等，就觉得中国的文人，与秋的关系特别深了。可是这秋的深味，尤其是中国的秋的深味，非要在北方，才感受得到的。

南国之秋，当然是也有它特异的地方的，譬如廿四桥的明月，钱塘江的秋潮，普陀山的凉雾，荔枝湾的残荷等等，可是色彩不浓，回味不永。比起北国的秋来，正像是黄酒之与白干，稀饭之与馍馍，鲈鱼之与大蟹，黄犬之与骆驼。

秋天，这北国的秋天，若留得住的话，我愿意把寿命的三分之二折去，换得一个三分之一的零头。

背影

朱自清

我与父亲不相见已二年余了,我最不能忘记的是他的背影。

那年冬天,祖母死了,父亲的差使也交卸了,正是祸不单行的日子,我从北京到徐州,打算跟着父亲奔丧回家。到徐州见着父亲,看见满院狼藉的东西,又想起祖母,不禁簌簌地流下眼泪。父亲说:"事已如此,不必难过,好在天无绝人之路!"

回家变卖典质,父亲还了亏空;又借钱办了丧事。这些日子,家中光景很是惨淡,一半为了丧事,一半为了父亲赋闲。丧事完毕,父亲要到南京谋事,我也要回北京念书,我们便同行。

到南京时，有朋友约去游逛，勾留了一日；第二日上午便须渡江到浦口，下午上车北去。父亲因为事忙，本已说定不送我，叫旅馆里一个熟识的茶房陪我同去。他再三嘱咐茶房，甚是仔细。但他终于不放心，怕茶房不妥帖；颇踌躇了一会。其实我那年已二十岁，北京已来往过两三次，是没有什么要紧的了。他踌躇了一会，终于决定还是自己送我去。我再三劝他不必去；他只说："不要紧，他们去不好！"

我们过了江，进了车站。我买票，他忙着照看行李。行李太多了，得向脚夫行些小费才可过去。他便又忙着和他们讲价钱。我那时真是聪明过分，总觉他说话不大漂亮，非自己插嘴不可。但他终于讲定了价钱；就送我上车。他给我拣定了靠车门的一张椅子；我将他给我做的紫毛大衣铺好座位。他嘱我路上小心，夜里要警醒些，不要受凉。又嘱托茶房好好照应我。我心里暗笑他的迂；他们只认得钱，托他们只是白托！而且我这样大年纪的人，难道还不能料理自己么？我现在想想，我那时真是太聪明了。

我说道："爸爸，你走吧。"他往车外看了看，说："我买几个橘子去。你就在此地，不要走动。"我看那边月台的栅栏外有几个卖东西的等着顾客。走到那边月台,须穿过铁道,须跳下去又爬上去。父亲是一个胖子,走过去自然要费事些。我本来要去的,他不肯,只好让他去。我看见他戴着黑布小帽,穿着黑布大马褂,深青布棉袍,蹒跚地走到铁道边,慢慢探身下去,尚不大难。可是他穿过铁道,要爬上那边月台,就不容易了。他用两手攀着上面,两脚再向上缩;他肥胖的身子向左微倾,显出努力的样子。这时我看见他的背影,我的泪很快地流下来了。我赶紧拭干了泪。怕他看见,也怕别人看见。我再向外看时,他已抱了朱红的橘子往回走了。过铁道时,他先将橘子散放在地上,自己慢慢爬下,再抱起橘子走。到这边时,我赶紧去搀他。他和我走到车上,将橘子一股脑儿放在我的皮大衣上。于是扑扑衣上的泥土,心里很轻松似的。过一会儿说:"我走了,到那边来信!"我望着他走出去。他走了几步,回过头看见我,说:"进去吧,里边没人。"等他的背影混入来来往往的人里,再找不着了,我便进来坐下,我的眼泪又来了。

近几年来,父亲和我都是东奔西走,家中光景是一日不如一日。他少年出外谋生,独力支持,做了许多大事。那知老境却如此颓唐!他触目伤怀,自然情不能自已。情郁于中，自然要发之于外；家庭琐屑便往往触他之怒。他待我渐渐不同往日。但最近两年不见，他终于忘却我的不好，只是惦记着我，惦记着我的儿子。我北来后，他写了一信给我，信中说道："我身体平安，惟膀子疼痛厉害，举箸提笔，诸多不便，大约大去之期不远矣。"我读到此处，在晶莹的泪光中，又看见那肥胖的、青布棉袍黑布马褂的背影。唉！我不知何时再能与他相见！

奶奶的星星(节选)

史铁生

世界给我的第一个记忆是:我躺在奶奶怀里,拼命地哭,打着挺儿,也不知道是为了什么,哭得好伤心。窗外的山墙上剥落了一块灰皮,形状像个难看的老头儿。奶奶搂着我,拍着我,"噢——噢——"地哼着。我倒更觉得委屈起来。"你听!"奶奶忽然说,"你快听,听见了么……"我愣愣地听,不哭了,听见了一种美妙的声音,飘飘的、缓缓的……是鸽哨儿?是秋风?是落叶划过屋檐?或者,只是奶奶在轻轻地哼唱?直到现在我还是说不清。"噢噢——睡觉吧,麻猴来了我打它……"那是奶奶的催眠曲。屋顶上有一片晃动的光影,是水盆里的水反射的阳光。光影也那么飘飘的、缓缓的，变幻成和平的梦境，我在奶奶怀里安稳地睡熟……

我是奶奶带大的。不知有多少人当着我的面对奶奶说过："奶奶带起来的，长大了也忘不了奶奶。"那时候我懂些事了，趴在奶奶膝头，用小眼睛瞪那些说话的人，心想：瞧你那讨厌样儿吧！翻译成孩子还不能掌握的语言就是：这话用你说么？

奶奶愈紧地把我搂在怀里，笑笑："等不到那会儿哟！"仿佛已经满足了的样子。

"等不到哪会儿呀？"我问。

"等不到你孝敬奶奶一把铁蚕豆。"

我笑个没完。我知道她不是真那么想。不过我总想不好，等我挣了钱给她买什么。爸爸、大伯、叔叔给她买什么，她都是说："用不着花那么多钱买这个。"奶奶最喜欢的是我给她踩腰、踩背。一到晚上，她常常腰疼、背疼，就叫我站到她身上去，来来回回地踩。她趴在床上"哎哟哎哟"的，还一个劲夸我："小脚丫踩上去，软软乎乎的，真好受。"我可是最不耐烦干这个，她的腰和背可真是够漫长的。"行了吧？"我问。"再踩两趟。"我大跨步地打了个来回:"行了吧?""唉,行了。"我赶快下地,穿鞋,逃跑……

于是我说:"长大了我还给您踩腰。"

"哟,那还不把我踩死?"

过了一会儿我又问:"您干吗等不到那会儿呀?"

"老了,还不死?"

"死了就怎么了?"

"那你就再也找不着奶奶了。"

我不嚷了,也不问了,老老实实依偎在奶奶怀里。那又是世界给我的第一个可怕的印象。

一个冬天的下午,一觉醒来,不见了奶奶,我扒着窗台喊她,窗外是风和雪。"奶奶出门儿了,去看姨奶奶。"我不信,奶奶去姨奶奶家总是带着我的;我整整哭喊了一个下午,妈妈、爸爸、邻居们谁也哄不住,直到晚上奶奶出我意料地回来。这事大概没人记得住了,也没人知道我那时想到了什么。小时候,奶奶吓唬我的最好办法,就是说:"再不听话,奶奶就死了!"

夏夜,满天星斗。奶奶讲的故事与众不同,她不是说地上死一个人,天上就熄灭了一颗星星,而是说,地上死一个人，天上就又多了一个星星。

"怎么呢？"

"人死了，就变成一个星星。"

"干吗变成星星呀？"

"给走夜道儿的人照个亮儿……"

我们坐在庭院里，草茉莉都开了，各种颜色的小喇叭，掐一朵放在嘴上吹，有时候能吹响。奶奶用大芭蕉扇给我轰蚊子。凉凉的风，蓝蓝的天，闪闪的星星，永远留在我的记忆里。

那时候我还不懂得问，是不是每个人死了都可以变成星星，都能给活着的人把路照亮。

奶奶已经死了好多年。她带大的孙子忘不了她。尽管我现在想起她讲的故事，知道那是神话，但到夏天的晚上，我却时常还像孩子那样，仰着脸，揣摩哪一颗星星是奶奶的……我慢慢去想奶奶讲的那个神话，我慢慢相信，每一个活过的人，都能给后人的路途上添些光亮，也许是一颗巨星，也许是一把火炬，也许只是一支含泪的烛光……

祖父死的时候

萧红

祖父总是有点变样子,他喜欢流起眼泪来,同时过去很重要的事情他也忘掉。比方过去那一些他常讲的故事,现在讲起来,讲了一半下一半他就说:"我记不得了。"

某夜,他又病了一次,经过这一次病,他竟说:"给你三姑写信,叫她来一趟,我不是四五年没看过她吗?"他叫我写信给我已经死去五年的姑母。

那次离家是很痛苦的。学校来了开学通知信,祖父又一天一天地变样起来。

祖父睡着的时候,我就躺在他的旁边哭,好像祖父已经离开我死去似的,一面哭着一面抬头看他凹陷的嘴唇。我若死掉祖父，就死掉我一生最重要的一个人，好像他死了就把人间一切"爱"和"温暖"带得空空虚虚。我的心被丝线扎住或铁丝绞住了。

我联想到母亲死的时候。母亲死以后，父亲怎样打我，又娶一个新母亲来。这个母亲很客气，不打我，就是骂，也是指着桌子或椅子来骂我。客气是越客气了，但是冷淡了，疏远了，生人一样。

"到院子去玩玩吧！"祖父说了这话之后，在我的头上撞了一下，"喂！你看这是什么？"一个黄金色的橘子落到我的手中。

夜间不敢到茅厕去，我说："妈妈同我到茅厕去趟吧。"

"我不去！"

"那我害怕呀！"

"怕什么？"

"怕什么？怕鬼怕神？"父亲也说话了，把眼睛从眼镜上面看着我。

冬天，祖父已经睡下，赤着脚，开着纽扣跟我到外面茅厕去。

学校开学，我迟到了四天。三月里，我又回家一次，正在外面叫门，里面小弟弟嚷着："姐姐回来了！姐姐回来了！"大门开时，我就远远注意着祖父住着的那间房子。果然祖父的面孔和胡子闪现在玻璃窗里。我跳着笑着跑进屋去。但不是高兴，只是心酸，祖父的脸色更惨淡更白了。等屋子里一个人没有时，他流着泪，他慌慌忙忙的一边用袖口擦着眼泪，一边抖动着嘴唇说："爷爷不行了，不知早晚……前些日子好险没跌……跌死。"

"怎么跌的？"

"就是在后屋，我想去解手，招呼人，也听不见，按电铃也没有人来，就得爬啦。还没到后门口，腿颤，心跳，眼前发花了一阵就倒下去。没跌断了腰……人老了，有什么用处！爷爷是八十一岁呢。"

"爷爷是八十一岁。"

"没用了，活了八十一岁还是在地上爬呢！我想你看不着爷爷了，谁知没有跌死，我又慢慢爬到炕上。"

我走的那天也是和我回来那天一样，白色的脸的轮廓闪现在玻璃窗里。

在院心我回头看着祖父的面孔，走到大门口，在大门口我仍可看见，出了大门，就被门扇遮断。

第四章　像风走了八千里，不问归期

从这一次祖父就与我永远隔绝了。虽然那次和祖父告别，并没说出一个永别的字。我回来看祖父，这回门前吹着喇叭，幡杆挑得比房头更高，马车离家很远的时候，我已看到高高的白色幡杆了，吹鼓手们的喇叭苍凉的在悲号。马车停在喇叭声中，大门前的白幡、白对联、院心的灵棚、闹嚷嚷许多人，吹鼓手们响起呜呜的哀号。

这回祖父不坐在玻璃窗里，是睡在堂屋的板床上，没有灵魂地躺在那里。我要看一看他白色的胡子，可是怎样看呢！拿开他脸上蒙着的纸吧，胡子、眼睛和嘴都不会动了，他真的一点感觉也没有了？我从祖父的袖管里去摸他的手，手也没有感觉了。祖父这回真死去了啊！

祖父装进棺材去的那天早晨，正是后园里玫瑰花开放满树的时候。我扯着祖父的一张被角，抬向灵前去。吹鼓手在灵前吹着大喇叭。

我怕起来，我号叫起来。

"咣咣！"黑色的、半尺厚的灵柩盖子压上去。

吃饭的时候，我饮了酒，用祖父的酒杯饮的。饭后我跑到后园玫瑰树下去卧倒，园中飞着蜂子和蝴蝶，绿草的清凉的气味，这都和十年前一样。可是十年前死了妈妈。妈妈死后我仍是在园中扑蝴蝶;这回祖父死去,我却饮了酒。

过去的十年我是和父亲打斗着生活。在这期间我觉得人是残酷的东西。父亲对我是没有好面孔的,对于仆人也是没有好面孔的,他对于祖父也是没有好面孔的。因为仆人是穷人,祖父是老人,我是个小孩子,所以我们这些完全没有保障的人就落到他的手里。后来我看到新娶来的母亲也落到他的手里,他喜欢她的时候,便同她说笑,他恼怒时便骂她,母亲渐渐也怕起父亲来。

母亲也不是穷人,也不是老人,也不是孩子,怎么也怕起父亲来呢?我到邻家去看看,邻家的女人也是怕男人。我到舅家去,舅母也是怕舅父。

我懂得的尽是些偏僻的人生,我想世间死了祖父,就没有再同情我的人了,世间死了祖父,剩下的尽是些凶残的人了。

我饮了酒,回想,幻想……

以后我必须不要家,到广大的人群中去,但我在玫瑰树下颤怵了,人群中没有我的祖父。

所以我哭着,整个祖父死的时候我哭着。

一个人在途上

郁达夫

在东车站的长廊下和女人分开以后,自家又剩了孤伶仃的一个。频年漂泊惯的两口儿,这一回的离散,倒也算不得什么特别,可是端午节那天,龙儿刚死,到这时候北京城里虽已起了秋风,但是计算起来,去儿子的死期,究竟还只有一百来天。在车座里,稍稍把意识恢复转来的时候,自家就想起了卢骚晚年的作品《孤独散步者的梦想》头上的几句话:

> 自家除了己身以外,已经没有弟兄,没有邻人,没有朋友,没有社会了。自家在这世上,像这样的,已经成了一个孤独者了……

然而当年的卢骚还有弃养在孤儿院内的五个儿子,而我自己哩,连一个抚育到五岁的儿子都还抓不住!

离家的远别,本来也只为想养活妻儿。去年在某大学的被逐,是万料不到的事。其后兵乱迭起,交通阻绝,当寒冬的十月,会病倒在沪上,也是谁也料想不到的。今年二月,好容易到得南方,静息了一年之半,谁知这刚养得出趣的龙儿,又会遭此凶疾呢?

龙儿的病报,本是在广州得着,匆促北航,到了上海,接连接了几个北京来的电报,换船到天津,已经是旧历的五月初十。到家之夜,一见了门上的白纸条儿,心里已经是跳得忙乱,从苍茫的暮色里赶到哥哥家中,见了衰病的她,因为在大众之前,勉强将感情压住,草草吃了夜饭,上床就寝,把电灯一灭,两人只有紧抱的痛哭,痛哭,痛哭,只是痛哭,气也换不过来,更哪里有说一句话的余裕?

受苦的时间,的确脱煞过去得太悠徐,今年的夏季,只是悲叹的连续。晚上上床,两口儿,哪敢提一句话?可怜这两个迷散的心灵,在电灯灭黑的黝黯里,所摸走的荒路,每凑集在一条线上,这路的交叉点里,只有一块小小的墓碑,墓碑上只有"龙儿之墓"的四个红字。

妻儿因为在浙江老家内不能和母亲同住，不得已而搬往北京当时我在寄食的哥哥家去，是去年的四月中旬，那时候龙儿正长得肥满可爱，一举一动，处处教人欢喜。到了五月初，从某地回京，觉得哥哥家太狭小，就在什刹海的北岸，租定了一间渺小的住宅。夫妻两个，日日和龙儿伴乐，闲时也常在北海的荷花深处，及门前的杨柳阴中带龙儿去走走。这一年的暑假，总算过得快乐，最闲适。

秋风吹叶落的时候，别了龙儿和女人，再上某地大学去为朋友帮忙，当时他们俩还往西车站去送我来哩！这是去年秋晚的事，想起来还同昨日的情形一样。

过了一月，某地的学校里生事，又回京了一次，在什刹海小住了两星期，本来打算不再出京了，然碍于朋友的面子，又不得不于一天寒风刺骨的黄昏，上西车站去乘车。这时候因为怕龙儿要哭，自己和女人吃过晚饭，便只说要往哥哥家里去，只许他送我们到门口。记得那一天晚上他一个人和老妈子立在门口，等我们俩去了好远，还"爸爸！爸爸！"地叫了好几声。啊啊，这几声的呼唤，便是我在这世上听到的他叫我的最后的声音。

出京之后，到某地住了一宵，就匆促逃往上海。接续便染了病，遇了强盗辈的争夺政权，其后赴南方暂住，一直到今年的五月，才返北京。

想起来，龙儿实在是一个填债的儿子，是当乱离困厄的这几年中间，特来安慰我和他娘的愁闷的使者！

自从他在安庆生落地以来，我自己没有一天脱离过苦闷，没有一处安住到五个月以上。我的女人，夜夜和我分担着十字架的重负，只是东西南北的奔波漂泊。然当日夜难安，悲苦得不了的时候，只教他的笑脸一开，女人和我，就可以把一切穷愁，丢在脑后。而今年五月初十待我赶到北京的时候，他的尸体，早已在妙光阁的广谊园地下躺着了。

他的病，说是脑膜炎。自从得病之日起，一直到旧历端午节的午时绝命的时候止，中间经过有一个多月的光景。平时被我们宠坏了的他，听说此番病里，却乖顺得非常。叫他吃药，他就大口地吃，叫他用冰枕，他就很柔顺地躺上。病后还能说话的时候，只问他的娘："爸爸几时回来？""爸爸在上海为我定做的小皮鞋，已经做好了没有？"我的女人，于惑乱之余，每幽幽地问他："龙！你晓得你这一场病，会不会死的？"他老是很不愿意地回答说："哪儿会死的哩？"据女人含泪地告诉我说，他的谈吐，绝不似一个五岁的小儿。

未病之前一个月的时候，有一天午后他在门口玩耍，看见西面来了一乘马车，马车里坐着一个戴灰白色帽子的青年。他远远看见，就急忙丢下了伴侣，跑进屋里叫他娘出来，说"爸爸回来了，爸爸回来了！"因为我去年离京时所戴的，是一样的一顶白灰呢帽。他娘跟他出来到门前，马车已经过去了，他就死劲地拉住了他娘，哭喊着说："爸爸怎么不家来吓？爸爸怎么不家来吓？"他娘说慰了半天，他还尽是哭着，这也是他娘含泪和我说的。现在回想起来，自己实在不该抛弃了他们，一个人在外面流荡，致使他那小小的心灵，常有望远思亲之痛。

去年六月，搬往什刹海之后，有一次我们在堤上散步，因为他看见了人家的汽车，硬是哭着要坐，被我痛打了一顿。又有一次，也是因为要穿洋服，受了我的毒打。这实在只能怪我做父亲的没有能力，不能做洋服给他穿，雇汽车给他坐。早知他要这样的早死，我就是典当抢劫，也应该去弄一点钱来，满足他无邪的欲望，到现在追想起来，实在觉得对他不起，实在是我太无容人之量了。

我女人说，濒死的前五天，在病院里，叫了几夜的爸爸！她问他："叫爸爸干什么？"他又不响了，停一会儿，就又再叫起来,到了旧历五月初三日,他已入了昏迷状态,医师替他抽骨髓,他只会直叫一声"干吗?"喉头的气管,咯咯在抽咽,眼睛只往上吊送,口头流些白沫,然而一口气总不肯断。他娘哭叫几声"龙!龙!"他的眼角上,就会迸流下眼泪出来,后来他娘看他苦得难过,倒对他说:

"龙!你若是没有命的,就好好地去吧!你是不是想等爸爸回来?就是你爸爸回来,也不过是这样地替你医治罢了。龙!你有什么不了的心愿呢?龙!与其这样的抽咽受苦,你还不如快快地去吧!"

他听了这段话,眼角上的眼泪,更是涌流得厉害。到了旧历端午节的午时,他竟等不着我的回来,终于断气了。

丧葬之后,女人搬往哥哥家里,暂住了几天。我于五月十日晚上,下车赶到什刹海的寓宅,打门打了半天,没有应声。后来抬头一看,才见了一张告示邮差送信的白纸条。

自从龙儿生病以后连日连夜看护久已倦了的她,又哪里经得起最后的这一个打击?自己当到京之夜,见了她的衰容,见了她的眼泪,又哪里能够不痛哭呢?

在哥哥家里小住了两三天,我因为想追求龙儿生前的遗迹,一定要女人和我仍复搬回什刹海的住宅去住它一两个月。

搬回去那天，一进上屋的门，就见了一张被他玩破的今年正月里的花灯。听说这张花灯，是南城大姨妈送他的，因为他自家烧破了一个窟窿，他还哭过好几次来的。

其次，便是上房里砖上的几堆烧纸钱的痕迹！系当他下殓时烧的。

院子里有一架葡萄，两棵枣树，去年采取葡萄枣子的时候，他站在树下，兜起了大褂，仰头在看树上的我。我摘取一颗，丢入了他的大褂兜里，他的哄笑声，要继续到三五分钟，今年这两棵枣树，结满了青青的枣子，风起的半夜里，老有熟极的枣子辞枝自落，女人和我，睡在床上，有时候且哭且谈，总要到更深人静，方能入睡。在这样的幽幽的谈话中间，最怕听的，就是这滴答的坠枣之声。

到京的第二日，和女人去看他的坟墓。先在一家南纸铺里买了许多冥府的钞票，预备去烧送给他，直到到了妙光阁的广谊园茔地门前，她方从呜咽里清醒过来，说："这是钞票，他一个小孩如何用得呢？"就又回车转来，到琉璃厂去买了些有孔的纸钱。她在坟前哭了一阵，把纸钱钞票烧化的时候，却叫着说：

"龙！这一堆是钞票，你收在那里，待长大了的时候再用，要买什么，你先拿这一堆钱去用罢。"

这一天在他的坟上坐着，我们直到午后七点，太阳平西的时候，才回家来。临走的时候，他娘还哭叫着说：

"龙！龙！你一个人在这里不怕冷静的么？龙！龙！人家若来欺你，你晚上来告诉娘吧！你怎么不想回来了呢？你怎么梦也不来托一个呢？"

箱子里，还有许多散放着的他的小衣服。今年北京的天气，到七月中旬，已经是很冷了。当微凉的早晚，我们俩都想换上几件夹衣，然而因为怕见到他旧时的夹衣袍袜，我们俩却尽是一天一天地挨着，谁也不说出口来，说"要换上件夹衫"。

有一次和女人在那里睡午觉，她骤然从床上坐了起来，鞋也不拖，光着袜子，跑上了上房起居室里，并且更掀帘跑上外面院子里去。我也莫名其妙跟着她跑到外面的时候，只见她在那里四面找寻什么。找寻不着，呆立了一会儿，她忽然放声哭了起来，并且抱住了我急急地追问说："你听不听见？你听不听见？"哭完之后，她才告诉我说，在半醒半睡的中间，她听见"娘！娘！"的叫了两声，的确是龙的声音，她很坚定地说："的确是龙回来了。"

北京的朋友亲戚，为安慰我们起见，今年夏天常请我们俩去吃饭听戏，她老不愿意和我同去，因为去年的六月，我们无论上哪里去玩，龙儿是常和我们在一处的。

　　今年的一个暑假，就是这样的，在悲叹和幻梦的中间消逝了。

　　这一回南方来催我就道的信，过于匆促，出发之前，我觉得还有一件大事情没有做了。

　　中秋节前新搬了家，为修理房屋，部署杂事，就忙了一个星期。出发之前，又因了种种琐事，不能抽出空来，再上龙儿的坟地里去探望一回。女人上东车站来送我上车的时候，我心里尽是酸一阵痛一阵地在回念这一件恨事。有好几次想和她说出来，教她于两三日后再往妙光阁去探望一趟，但见了她的憔悴尽的颜色，和苦忍住的凄楚，又终于一句话也没有讲成。

　　现在去北京远了，去龙儿更远了，自家只一个人，只是孤伶仃的一个人。在这里继续此生中大约是完不了的漂泊。

秋天的怀念

史铁生

双腿瘫痪后,我的脾气变得暴怒无常。望着望着天上北归的雁阵,我会突然把面前的玻璃砸碎;听着听着李谷一甜美的歌声,我会猛地把手边的东西摔向四周的墙壁。母亲就悄悄地躲出去,在我看不见的地方偷偷地听着我的动静。当一切恢复沉寂,她又悄悄地进来,眼边红红的,看着我。"听说北海的花儿都开了,我推着你去走走。"她总是这么说。母亲喜欢花,可自从我的腿瘫痪后,她侍弄的那些花都死了。"不,我不去!"我狠命地捶打这两条可恨的腿,喊着:"我可活什么劲!"母亲扑过来抓住我的手,忍住哭声说:"咱娘儿俩在一块儿,好好儿活,好好儿活……"

可我却一直都不知道，她的病已经到了那步田地。后来妹妹告诉我，她常常肝疼得整宿整宿翻来覆去地睡不了觉。

那天我又独自坐在屋里，看着窗外的树叶"唰唰啦啦"地飘落。母亲进来了，挡在窗前："北海的菊花开了，我推着你去看看吧。"她憔悴的脸上现出央求般的神色。"什么时候？""你要是愿意，就明天？"她说。我的回答已经让她喜出望外了。"好吧，就明天。"我说。她高兴得一会儿坐下，一会儿站起："那就赶紧准备准备。""唉呀，烦不烦？几步路，有什么好准备的！"她也笑了，坐在我身边，絮絮叨叨地说着："看完菊花，咱们就去'仿膳'，你小时候最爱吃那儿的豌豆黄儿。还记得那回我带你去北海吗？你偏说那杨树花是毛毛虫，跑着，一脚踩扁一个……"她忽然不说了。对于"跑"和"踩"一类的字眼儿，她比我还敏感。她又悄悄地出去了。

她出去了，就再也没回来。

邻居们把她抬上车时，她还在大口大口地吐着鲜血。我没想到她已经病成那样。看着三轮车远去，也绝没有想到那竟是永远的诀别。

邻居的小伙子背着我去看她的时候,她正艰难地呼吸着,像她那一生艰难的生活。别人告诉我,她昏迷前的最后一句话是:"我那个有病的儿子和我那个还未成年的女儿……"

又是秋天,妹妹推我去北海看了菊花。黄色的花淡雅,白色的花高洁,紫红色的花热烈而深沉,泼泼洒洒,秋风中正开得烂漫。我懂得母亲没有说完的话。妹妹也懂。我俩在一块儿,要好好儿活……

近来我的心为四事所占据了：天上的神明与星辰，人间的艺术与儿童。这小燕子似的一群儿女，是在人世间与我因缘最深的儿童，他们在我心中占有与神明、星辰、艺术同等的地位。

第五章

我的生命,
是一万次的春和景明

人间草木

汪曾祺

山丹丹

我在大青山挖到一棵山丹丹。这棵山丹丹的花真多。招待我们的老堡垒户看了看,说:"这棵山丹丹有十三年了。"

"十三年了?咋知道?"

"山丹丹长一年,多开一朵花。你看,十三朵。"

山丹丹记得自己的岁数。

我本想把这棵山丹丹带回呼和浩特,想了想,找了把铁锹,在老堡垒户的开满了蓝色党参花的土台上刨了个坑,把这棵山丹丹种上了。问老堡垒户:

"能活？"

"能活。这东西，皮实。"

大青山到处是山丹丹，开七朵花、八朵花的，多的是。

山丹丹花开花又落，

一年又一年……

这支流行歌曲的作者未必知道，山丹丹过一年多开一朵花。唱歌的歌星就更不会知道了。

枸杞

枸杞到处都有。枸杞头是春天的野菜。采摘枸杞的嫩头，略焯过，切碎，与香干丁同拌，浇酱油醋香油；或入油锅爆炒，皆极清香。夏末秋初，开淡紫色小花，谁也不注意。随即结出小小的红色的卵形浆果，即枸杞子。我的家乡叫作狗奶子。

我在玉渊潭散步，在一个山包下的草丛里看见一对老夫妻弯着腰在找什么。他们一边走，一边搜索。走几步，停一停，弯腰。

"您二位找什么？"

"枸杞子。"

"有吗？"

老同志把手里一个罐头玻璃瓶举起来给我看，已经有半瓶了。

"不少！"

"不少！"

他解嘲似的哈哈笑了几声。

"您慢慢捡着！"

"慢慢捡着！"

看样子这对老夫妻是离休干部，穿得很整齐干净，气色很好。

他们捡枸杞子干什么？是配药？泡酒？看来都不完全是。真要是需要，可以托熟人从宁夏捎一点或寄一点来。——听口音，老同志是西北人，那边肯定会有熟人。

他们捡枸杞子其实只是玩！一边走着，一边捡枸杞子，这比单纯的散步要有意思。这是两个童心未泯的老人，两个老孩子！

人老了，是得学会这样的生活。看来，这二位中年时也是很会生活，会从生活中寻找乐趣的。他们为人一定很好，很厚道。他们还一定不贪权势，甘于淡泊。夫妻间一定不会为柴米油盐、儿女婚嫁而吵嘴。

从钓鱼台到甘家口商场的路上，路西，有一家的门头上种了很大的一丛枸杞，秋天结了很多枸杞子，通红通红的，礼花似的，喷泉似的垂挂下来，一个珊瑚珠穿成的华盖，好看极了。这丛枸杞可以拿到花会上去展览。这家怎么会想起在门头上种一丛枸杞？

槐花

玉渊潭洋槐花盛开，像下了一场大雪，白得耀眼。来了放蜂的人。蜂箱都放好了，他的"家"也安顿了。一个刷了涂料的很厚的黑色的帆布篷子。里面打了两道土堰，上面架起几块木板，是床。床上一卷铺盖。地上排着油瓶、酱油瓶、醋瓶。一个白铁桶里已经有多半桶蜜。外面一个蜂窝煤炉子上坐着锅。一个女人在案板上切青蒜。锅开了，她往锅里下了一把干切面。不大会儿，面熟了，她把面捞在碗里，加了作料、撒上青蒜，在一个碗里舀了半勺豆瓣。一人一碗。她吃的是加了豆瓣的。

蜜蜂忙着采蜜，进进出出，飞满一天。

我跟养蜂人买过两次蜜，绕玉渊潭散步回来，经过他的棚子，大都要在他门前的树墩上坐一坐，抽一支烟，看他收蜜，刮蜡，跟他聊两句，彼此都熟了。

这是一个五十岁上下的中年人，高高瘦瘦的，身体像是不太好，他做事总是那么从容不迫，慢条斯理的。样子不像个农民，倒有点像一个农村小学校长。听口音，是石家庄一带的。他到过很多省，哪里有鲜花，就到哪里去。菜花开的地方，玫瑰花开的地方，苹果花开的地方，枣花开的地方。每年都到南方去过冬，广西，贵州。到了春暖，再往北翻。我问他是不是枣花蜜最好，他说是荆条花的蜜最好。这很出乎我的意料。荆条是个不起眼的东西，而且我从来没有见过荆条开花，想不到荆条花蜜却是最好的蜜。我想他每年收入应当不错，他说比一般农民要好一些，但是也落不下多少：蜂具，路费；而且每年要赔几十斤白糖，——蜜蜂冬天不采蜜，得喂它糖。

女人显然是他的老婆。不过他们岁数相差太大了。他五十了，女人也就是三十出头。而且，她是四川人，说四川话。我问他：你们是怎么认识的？他说：她是新繁县人。那年他到新繁放蜂，认识了。她说北方的大米好吃，就跟来了。

有那么简单？也许她看中了他的脾气好，喜欢这样安静平和的性格？也许她觉得这种放蜂生活，东南西北到处跑，好耍？这是一种农村式的浪漫主义。四川女孩子做事往往很洒脱，想咋个就咋个，不像北方女孩子有那么多考虑。他们结婚已经几年了。丈夫对她好，她对丈夫也很体贴。她觉得她的选择没有错，很满意，不后悔。我问养蜂人：她回去过没有？他说：回去过一次，一个人。他让她带了两千块钱，她买了好些礼物送人，风风光光地回了一趟新繁。

一天，我没有看见女人，问养蜂人，她到哪里去了。养蜂人说：到我那大儿子家去了，去接我那大儿子的孩子。他有个大儿子，在北京工作，在汽车修配厂当工人。

她抱回来一个四岁多的男孩，带着他在棚子里住了几天。她带他到甘家口商场买衣服，买鞋，买饼干，买冰糖葫芦。男孩子在床上玩鸡啄米，她靠着被窝用钩针给他勾一顶大红的毛线帽子。她很爱这个孩子。这种爱是完全非功利的，既不是讨丈夫的欢心，也不是为了和丈夫的儿子一家搞好关系。这是一颗很善良、很美的心。孩子叫她奶奶，奶奶笑了。

过了几天，她把孩子又送了回去。

过了两天，我去玉渊潭散步，养蜂人的棚子拆了，蜂箱集中在一起。等我散步回来，养蜂人的大儿子开来一辆卡车，把棚柱、木板、煤炉、锅碗和蜂箱装好，养蜂人两口子坐上车，卡车开走了。

玉渊潭的槐花落了。

春意挂上了树梢

萧红

三月花还没有开，人们嗅不到花香，只是马路上融化了积雪的泥泞干起来。天空打起朦胧的多有春意的云彩；暖风和轻纱一般浮动在街道上，院子里。春末了，关外的人们才知道春来。春是来了，街头的白杨树蹿着芽，拖马车的马冒着气，马车夫们的大毡靴也不见了，行人道上外国女人的脚又从长筒套鞋里显现出来。笑声，见面打招呼声，又复活在行人道上。商店为着快快地传播春天的感觉，橱窗里的花已经开了，草也绿了，那是布置着公园的夏景。我看得很凝神的时候，有人撞了我一下，是汪林，她也戴着那样小檐的帽子。

"天真暖啦！走路都有点热。"

看着她转过"商市街"，我们才来到另一家店铺，并不是买什么，只是看看，同时晒晒太阳。这样好的行人道，有树，也有椅子，坐在椅子上，把眼睛闭起，一切春的梦，春的谜，春的暖力……这一切把自己完全陷进去。听着，听着吧！春在歌唱……

"大爷，大奶奶……帮帮吧！……"这是什么歌呢，从背后来的？这不是春天的歌吧！

那个叫花子嘴里吃着个烂梨，一条腿和一只脚肿得把另一只显得好像不存在似的。"我的腿冻坏啦！大爷，帮帮吧！唉唉……"

有谁还记得冬天？阳光这样暖了！街树蹿着芽！

手风琴在隔道唱起来，这也不是春天的调，只要一看那个瞎人为着拉琴而挪歪的头，就觉得很残忍。瞎人他摸不到春天，他没有。坏了腿的人，他走不到春天，他有腿也等于无腿。

世界上这一些不幸的人，存在着也等于不存在，倒不如赶早把他们消灭掉，免得在春天他们会唱这样难听的歌。

汪林在院心吸着一支烟卷，她又换一套衣裳。那是淡绿色的，和树枝发出的芽一样的颜色。她腋下夹着一封信，看见我们，赶忙把信送进衣袋去。

"大概又是情书吧！"郎华随便说着玩笑话。

她跑进屋去了。香烟的烟缕在门外打了一下旋卷才消灭。

夜，春夜，中央大街充满了音乐的夜。流浪人的音乐，日本舞场的音乐，外国饭店的音乐……七点钟以后。中央大街的中段，在一条横口，那个很响的扩音机哇哇地叫起来，这歌声差不多响彻全街。若站在商店的玻璃窗前，会疑心是从玻璃发着震响。一条完全在风雪里寂寞的大街，今天第一次又嚎叫起来。

外国人！绅士样的，流氓样的，老婆子，少女们，跑了满街……有的连起人排来封闭住商店的窗子，但这只限于年轻人。也有的同唱机一样唱起来，但这也只限于年轻人。这好像特有的年轻人的集会。他们和姑娘们一道说笑，和姑娘们连起排来走。中国人来混在这些卷发人中间，少得只有七分之一或八分之一。但是汪林在其中,我们又遇到她。她和另一个也和她同样打扮漂亮的、白脸的女人同走……卷发的人用俄国话说她漂亮。她也用俄国话和他们笑了一阵。

中央大街的南端,人渐渐稀疏了。

墙根,转角,都发现着哀哭,老头子,孩子,母亲们……哀哭着的是永久被人间遗弃的人们!那边,还望得见那边快乐的人群。还听得见那边快乐的声音。

三月,花还没有,人们嗅不到花香。

夜的街,树枝上嫩绿的芽子看不见,是冬天吧?是秋天吧?但快乐的人们,不问四季总是快乐;哀哭的人们,不问四季也总是哀哭!

珍珠鸟

冯骥才

真好！朋友送我一对珍珠鸟，放在一个简易的竹条编成的笼子里，笼内还有一卷干草，那是小鸟舒适又温暖的巢。

有人说，这是一种怕人的鸟。

我把它挂在窗前。那儿还有一盆异常茂盛的法国吊兰。我便用吊兰长长的、串生着小绿叶的垂蔓蒙盖在鸟笼上，它们就像躲进深幽的丛林一样安全；从中传出的笛儿般又细又亮的叫声，也就格外轻松自在了。

阳光从窗外射入，透过这里，吊兰那些无数指甲状的小叶，一半成了黑影，一半被照透，如同碧玉；斑斑驳驳，生意葱茏。小鸟的影子就在这中间隐约闪动,看不完整,有时连笼子也看不出,却见它们可爱的鲜红小嘴儿从绿叶中伸出来。

我很少扒开叶蔓瞧它们,它们便渐渐敢伸出小脑袋瞅瞅我。我们就这样一点点熟悉了。

三个月后,那一团愈发繁茂的绿蔓里边,发出一种尖细又娇嫩的鸣叫。我猜到,是它们有了雏儿。我呢,决不掀开叶片往里看,连添食加水时也不睁大好奇的眼去惊动它们。过不多久,忽然有一个小脑袋从叶间探出来。更小哟,雏儿!正是这个小家伙!

它小,就能轻易地由疏格的笼子钻出身。瞧,多么像它的母亲;红嘴红脚,灰蓝色的毛,只是后背还没有生出珍珠似的圆圆的白点;它好肥,整个身子好像一个蓬松的球儿。

起先,这小家伙只在笼子四周活动,随后就在屋里飞来飞去,一会儿落在柜顶上,一会儿神气十足地站在书架上,啄着书背上那些大文豪的名字;一会儿把灯绳撞得来回摇动,跟着跳到画框上去了。只要大鸟在笼里生气地叫一声,它立即飞回笼里去。

我不管它。这样久了,打开窗子,它最多只在窗框上站一会儿,决不飞出去。

渐渐它胆子大了,就落在我书桌上。

它先是离我较远,见我不去伤害它,便一点点挨近,然后蹦到我的杯子上,俯下头来喝茶,再偏过脸瞧瞧我的反应。我只是微微一笑,依旧写东西,它就放开胆子跑到稿纸上,绕着我的笔尖蹦来蹦去;跳动的小红爪子在纸上发出嚓嚓的响声。

我不动声色地写,默默享受着这小家伙亲近的情意。这样,它完全放心了。索性用那涂了蜡似的、角质的小红嘴,"嗒嗒"啄着我颤动的笔尖。我用手抚一抚它细腻的绒毛,它也不怕,反而友好地啄两下我的手指。

有一次,它居然跳进我的空茶杯里,隔着透明光亮的玻璃瞅我。它不怕我突然把杯口捂住。是的,我不会。

白天,它这样淘气地陪伴我;天色入暮,它就在父母的再三呼唤声中,飞向笼子,扭动滚圆的身子,挤开那些绿叶钻进去。

有一天,我伏案写作时,它居然落到我的肩上。我手中的笔不觉停了,生怕惊跑它。待一会儿,扭头看,这小家伙竟趴在我的肩头睡着了,银灰色的眼睑盖住眸子,小红脚刚好给胸脯上长长的绒毛盖住。我轻轻抬一抬肩,它没醒,睡得好熟!还咂咂嘴,难道在做梦!

我笔尖一动,流泻下一时的感受:

信赖,往往创造出美好的境界。

好的故事

鲁迅

灯火渐渐地缩小了,在预告石油的已经不多;石油又不是老牌,早熏得灯罩很昏暗。鞭炮的繁响在四近,烟草的烟雾在身边:是昏沉的夜。

我闭了眼睛,向后一仰,靠在椅背上捏着《初学记》的手搁在膝髁上。

我在蒙胧中,看见一个好的故事。

这故事很美丽,幽雅,有趣。许多美的人和美的事,错综起来像一天云锦,而且万颗奔星似的飞动着,同时又展开去,以至于无穷。

> 总有人间一两风
> 填我十万八千梦

  我仿佛记得曾坐小船经过山阴道，两岸边的乌桕，新禾，野花，鸡，狗，丛树和枯树，茅屋，塔，伽蓝，农夫和村妇，村女，晒着的衣裳，和尚，蓑笠，天，云，竹，……都倒影在澄碧的小河中，随着每一打桨，各个夹带了闪烁的日光，并水里的萍藻游鱼，一同荡漾。诸影诸物，无不解散，而且摇动，扩大，互相融合；刚一融合，却又退缩，复近于原形。边缘都参差如夏云头，镶着日光，发出水银色焰。凡是我所经过的河，都是如此。

  现在我所见的故事也如此。水中的青天的底子，一切事物统在上面交错，织成一篇，永是生动，永是展开，我看不见这一篇的结束。

  河边枯柳树下的几株瘦削的一丈红，该是村女种的罢。大红花和斑红花，都在水里面浮动，忽而碎散，拉长了，缕缕的胭脂水，然而没有晕。茅屋，狗，塔，村女，云，……也都浮动着。大红花一朵朵全被拉长了，这时是泼刺奔进的红锦带。带织入狗中，狗织入白云中，白云织入村女中……在一瞬间，他们又将退缩了。但斑红花影也已碎散，伸长，就要织进塔，村女，狗，茅屋，云里去。

现在我所见的故事清楚起来了,美丽,幽雅,有趣,而且分明。青天上面,有无数美的人和美的事,我一一看见,一一知道。

我就要凝视他们……

我正要凝视他们时,骤然一惊,睁开眼,云锦也已皱蹙,凌乱,仿佛有谁掷一块大石下河水中,水波陡然起立,将整篇的影子撕成片片了。我无意识地赶忙捏住几乎坠地的《初学记》,眼前还剩着几点虹霓色的碎影。

我真爱这一篇好的故事,趁碎影还在,我要追回他,完成他,留下他。我抛了书,欠身伸手去取笔,——何尝有一丝碎影,只见昏暗的灯光,我不在小船里了。

但我总记得见过这一篇好的故事,在昏沉的夜……

我的理想家庭

老舍

一个二十多岁的小伙子,讲恋家,讲革命,讲志愿,似乎天地之间,唯我独尊,简直想不到组织家庭——结婚既是爱的坟墓,家庭根本上是英雄好汉的累赘。及至过了三十,革命成功与否,事情好歹不论,反正领略够了人情世故,壮气就差点事儿了。虽然明知家庭之累,等于投胎为马为牛,可是人生总不过如此,多少也都得经验一番,既不坚持独身,结婚倒也还容易。于是发帖子请客,笑着开驶倒车,苦乐容或相抵,反正至少凑个热闹。到了四十,儿女已有二三,贫也好富也好,自己认头苦曳,对于年轻的朋友已经有好些个事儿说不到一处,而劝告他们老老实实地结婚,好早生儿养女，即是话不投缘的一例。到了这个年纪，设若还有理想，必是理想的家庭。倒退二十年，连这么一想也觉泄气。人生的矛盾可笑即在于此，年轻力壮，力求事事出轨，决不甘为火车；及至中年，心理的，生理的，种种理的什么什么，都使他不但非坐火车不可，且作货车焉。把当初与现在一比较，判若两人，足够自己笑半天的！或有例外，实不多见。

明年我就四十了，已具说理想家庭的资格：大不必吹，盖亦自嘲。

我的理想家庭要有七间小平房：一间是客厅，古玩字画全非必要，只要几张很舒服宽松的椅子，一二小桌。一间书房，书籍不少，不管什么头版与古本，而都是我所爱读的。一张书桌，桌面是中国漆的，放上热茶杯不至烫成个圆白印儿。文具不讲究，可是都很好用，桌上老有一两枝鲜花，插在小瓶里。两间卧室，我独据一间，没有臭虫，而有一张极大极软的床。在这个床上，横睡直睡都可以，不论怎睡都一躺下就舒服合适，好像陷在棉花堆里，一点也不硬碰骨头。还有一间，是预备给客人住的。此外是一间厨房，一个厕所，没有下房，因为根本不预备用仆人。家中不要电话，不要播音机，不要留声机，不要麻将牌，不要风扇，不要保险

总有人间一两风
填我十万八千梦

柜。缺乏的东西本来很多,不过这几项是故意不要的,有人白送给我也不要。

院子必须很大。靠墙有几株小果木树。除了一块长方的土地,平坦无草,足够打开太极拳的,其他的地方就都种着花草——没有一种珍贵费事的,只求昌茂多花。屋中至少有一只花猫,院中至少也有一两盆金鱼;小树上悬着小笼,二三绿蝈蝈随意地鸣着。

这就该说到人了。屋子不多,又不要仆人,人口自然不能很多:一妻和一儿一女就正合适。先生管擦地板与玻璃,打扫院子,收拾花木,给鱼换水,给蝈蝈一两块绿黄瓜或几个毛豆;并管上街送信买书等事宜。太太管做饭,女儿任助手——顶好是十二三岁,不准小也不准大,老是十二三岁。儿子顶好是三岁,既会讲话,又胖胖的会淘气。母女于做饭之外,就做点针线,看小弟弟。大件衣服拿到外边去洗,小件的随时自己涮一涮。

既然有这么多工作,自然就没有多少工夫去听戏看电影。不过在过生日的时候,全家就出去玩半天;接一位亲或友的老太太给看家。过生日什么的永远不请客受礼,亲友家送来的红白帖子,就一概扔在字纸篓里,除非那真需要帮助的，才送一些干礼去。到过节过年的时候，吃食从丰，而且可以买一通纸牌，大家打打"索儿胡"，赌铁蚕豆或花生米。

男的没有固定的职业；只是每天写点诗或小说，每千字卖上四五十元钱。女的也没事做，除了家务就读些书。儿女永不上学，由父母教给画图，唱歌，跳舞——乱蹦也算一种舞法——和文字，手工之类。等到他们长大，或者也会仗着绘画或写文章卖一点钱吃饭；不过这是后话，顶好暂且不提。

这一家子人，因为吃得简单干净，而一天到晚又不闲着，所以身体都很不坏。因为身体好，所以没有肝火，大家都不爱闹脾气。除了为小猫上房，金鱼甩子等事着急之外，谁也不急叱白脸的。

大家的相貌也都很体面，不令人望而生厌。衣服可并不讲究，都做得很结实朴素；永远不穿又臭又硬的皮鞋。男的很体面，可不露电影明星气；女的很健美，可不红唇卷毛的鼻子朝着天。孩子们都不卷着舌头说话，淘气而不讨厌。

这个家庭顶好是在北平，其次是成都或青岛，至坏也得在苏州。无论怎样吧，反正必须在中国，因为中国是顶文明顶平安的国家；理想的家庭必在理想的国内也。

生命，以什么单位计量

张晓风

这是一家小店铺，前面做门市，后面住家。

星期天早晨，老板娘的儿子从后面冲出来，对我大叫一句：

"我告诉你，我的电动玩具比你多！"

我不知道他在跟谁说话，四面一看，店里只我一人，我才发现，这孩子在跟我做现代版的"石崇斗富"。

"你的电动玩具都是小的，我的是大的！"小孩继续叫阵。

老天爷，这小孩大概太急于压垮人，于是饥不择食，居然来单挑我，要跟我比电动玩具的质跟量。我难道看起来像一个玩电动玩具的小孩吗？我只得苦笑了。

他其实是个蛮清秀的小孩，看起来也聪明机灵，但他为什么偏偏要找人比电动玩具呢？

"我告诉你，我根本没有电动玩具！"我弯腰跟那小孩说，"一个也没有，大的也没有，小的也没有——你不用跟我比，我根本就没有电动玩具，告诉你，我一点也不喜欢电动玩具。"

小孩目瞪口呆地望着我，正在这时候，小孩的爸爸在里面叫他：

"回来，不要烦客人。"

（奇怪的是他只关心有没有哪一宗生意被这小鬼吵掉了，他完全没想到说这种话的儿子已经很有毛病了。）

我不能忘记那小孩惊奇不解的眼神。大概，这正等于你驰马行过草原，有人拦路来问：

"远方的客人啊，请问你家有几千骆驼，几万牛羊？"

你说：

"一只也没有，我没有一只骆驼、一只牛、一只羊，我连一只羊蹄也没有！"

又如雅美人问你:"你近年有没有新船下水?下水礼中你有没有准备够多的芋头?"

你却说:"我没有船,我没有猪,我没有芋头!"

这是一个奇怪的世界,计财的方法或用骆驼或用芋头,或用田地,或用妻妾,至于黄金、钻石、房屋、车子、古董——都是可以计算的单位。

这样看来,那孩子要求以电动玩具和我比画,大概也不算极荒谬吧!

可是,我是生命,我的存在既不是"架""栋""头""辆",也不是"亩""艘""匹""克拉"等单位所可以称量评估的啊!

我是我,不以公斤,不以厘米,不以智商,不以学位,不以畅销的"册数"计量。我,不纳入计量单位。

儿女

丰子恺

回想四个月以前,我犹似押送囚犯,突然地把小燕子似的一群儿女从上海的租寓中拖出,载上火车,送回乡间,关进低小的平屋中。自己仍回到上海的租界中,独居了四个月。这举动究竟出于什么旨意,本于什么计划,现在回想起来,连自己也不相信。其实旨意与计划,都是虚空的,自骗自扰的,实际于人生有什么利益呢?只赢得世故尘劳,作弄几番欢愁的感情,增加心头的创痕罢了!

当时我独自回到上海,走进空寂的租寓,心中不绝地浮起这两句《楞严》经文:"十方虚空在汝心中,犹如白云点太清里,况诸世界在虚空耶!"

晚上整理房室，把剩在灶间里的篮钵、器皿、余薪、余米，以及其他三年来寓居中所用的家常零星物件，尽行送给来帮我做短工的、邻近的小店里的儿子。只有四双破旧的小孩子的鞋子（不知为什么缘故），我不送掉，拿来整齐地摆在自己的床下，而且后来看到的时候常常感到一种无名的愉快。直到好几天之后，邻居的友人过来闲谈，说起这床下的小鞋子阴气迫人，我方始悟到自己的痴态，就把它们拿掉了。

朋友们说我关心儿女。我对于儿女的确关心，在独居中更常有悬念的时候。但我自以为这关心与悬念中，除了本能以外，似乎尚含有一种更强的加味。所以我往往不顾自己的画技与文笔的拙陋，动辄描摹。因为我的儿女都是孩子们，最年长的不过九岁，所以我对于儿女的关心与悬念中，有一部分是对于孩子们——普天下的孩子们——的关心与悬念。他们成人以后我对他们怎么样？现在自己也不能晓得，但可推知其一定与现在不同，因为不复含有那种加味了。

回想过去四个月的悠闲宁静的独居生活，在我也颇觉得可恋，又可感谢。然而一旦回到故乡的平屋里，被围在一群儿女的中间的时候，我又不禁自伤了。因为我那种生活，或枯坐、默想，或钻研、搜求，或敷衍、应酬，比较起他们的天真、健全、活跃的生活来，明明是变态的、病的、残废的。

有一个炎夏的下午，我回到家中。第二天的傍晚，我领了四个孩子——九岁的阿宝、七岁的软软、五岁的瞻瞻、三岁的阿韦——到小院中的槐荫下，坐在地上吃西瓜。夕暮的紫色中，炎阳的红味渐渐消减，凉夜的青味渐渐加浓起来。微风吹动孩子们的细丝一般的头发，身体上汗气已经全消，百感畅快的时候，孩子们似乎已经充溢着生的欢喜，非发泄不可了。最初是三岁的孩子的音乐的表现，他满足之余，笑嘻嘻摇摆着身子。口中一面嚼西瓜，一面发出一种像花猫偷食时候的"ngam ngam"的声音来。这音乐的表现立刻唤起五岁的瞻瞻的共鸣，他接着发表他的诗："瞻瞻吃西瓜，宝姐姐吃西瓜，软软吃西瓜，阿韦吃西瓜。"这诗的表现又立刻引起了七岁与九岁的孩子的散文的、数学的兴味：他们立刻把瞻瞻的诗句的意义归纳起来，报告其结果："四个人吃四块西瓜。"

于是我就做了评判者，在自己心中批判他们的作品。我觉得三岁的阿韦的音乐的表现最为深刻而完全，最能全般表出他的欢喜的感情。五岁的瞻瞻把这欢喜的感情翻译为（他的）诗，已打了一个折扣；然尚带着节奏与旋律的分子，犹有活跃的生命流露着。至于软软与阿宝的散文的、数学的、概念的表现，比较起来更肤浅一层。然而看他们的态度全部精神没入在吃西瓜的一事中，其明慧的心眼，比大人们所见的完全得多。天地间最健全的心眼，只是孩子们的所有物，世间事物的真相，只有孩子们能最明确、最完全地见到。我比起他们来，真的心眼已经被世智尘劳所蒙蔽，所斲丧，是一个可怜的残废者了。我实在不敢受他们"父亲"的称呼，倘然"父亲"是尊崇的。

我在平屋的南窗下暂设一张小桌子，上面按照一定的秩序而布置着稿纸、信笺、笔砚、墨水瓶、糨糊瓶、时表和茶盘等，不喜欢别人来任意移动，这是我独居时的惯癖。我——我们大人——平常的举止，总是谨慎、细心、端详、斯文。例如磨墨、放笔、倒茶等，都小心从事，故桌上的布置每日依然，不致破坏或扰乱。因为我的手足的筋觉已经由于屡受物理的教训而深深地养成一种谨慎的惯性了。然而孩子们一爬到我的案上，就捣乱我的秩序，破坏我的桌上的构图，毁损我的器物。他们拿起自来水笔来一挥，洒了一桌子又一衣襟的墨水点；又把笔尖蘸在糨糊瓶里。他们用劲拔开毛笔的铜笔套，手背撞翻茶壶，壶盖打碎在地板上……这在当时实在使我不耐烦，我不免哼喝他们，夺脱他们手里的东西，甚至批他们的小颊。然而我立刻后悔：哼喝之后立刻继之以笑，夺了之后立刻加倍奉还，批颊的手在中途软却，终于变批为抚。因为我立刻自悟其非：我要求孩子们的举止同我自己一样，何其乖谬！我——我们大人——的举止谨慎，是为了身体手足的筋觉已经受了种种现实的压迫而痉挛了的缘故。孩子们尚保有天赋的健全的身手与真朴活跃的元气，岂像我们的穷屈？揖让、进退、规行、矩步等大人们的礼貌，犹如刑具，都是戕贼这天赋的健全的身手的。于是活跃的人逐渐变成了手足麻痹、半身不遂的残废者。残废者要求健全者的举止同他自己一样，何其乖谬！

儿女对我的关系如何？我不曾预备到这世间来做父亲，故心中常是疑惑不明，又觉得非常奇怪。我与他们（现在）完全是异世界的人，他们比我聪明、健全得多；然而他们又是我所生的儿女。这是何等奇妙的关系！世人以膝下有儿女为幸福，希望以儿女永续其自我，我实在不解他们的心理。我以为世间人与人的关系，最自然、最合理的莫如朋友。君臣、父子、昆弟、夫妇之情，在十分自然合理的时候都不外乎是一种广义的友谊。所以朋友之情，实在是一切人情的基础。"朋，同类也。"并育于大地上的人，都是同类的朋友，共为大自然的儿女。世间的人，忘却了他们的大父母，而只知有小父母，以为父母能生儿女，儿女为父母所生，故儿女可以永续父母的自我，而使之永存。于是无子者叹天道之无知，子不肖者自伤其天命，而狂进杯中之物，其实天道有何厚薄于其齐生并育的儿女！我真不解他们的心理。

近来我的心为四事所占据了：天上的神明与星辰，人间的艺术与儿童。这小燕子似的一群儿女，是在人世间与我因缘最深的儿童，他们在我心中占有与神明、星辰、艺术同等的地位。

人间

史铁生

"瘫痪后你是怎么……譬如说,你是……"记者一时不知怎么说好,双手像是比画着一个圆球。

我懂了他的意思,说:"那时我只想快点死。"

"哪里哪里,你太谦虚。"他微笑着,望着我。

可我那时是真想死,不记得怎么谦虚过。

"你是不是觉得不能再为人民……所以才……"

我摇摇头,想起了我那时写过的一首诗:轻推小窗看春色,漏入人间一斜阳……

"那你为什么没有……"记者像是有些失望了。

我说,我是命运的宠儿。他奇怪地瞪着我。

"您看我这手摇车,是十几个老同学凑钱给我买的……看这弹簧床,是个街坊给我做的……这棉裤,是邻居朱奶奶做的……还有这毛衣——那个女孩子也在我们街道生产组干过……生产组的门窄,手摇车进不去,一个小伙子天天背我……"

记者飞快地记着。"最好说件具体的。"他说。

我想了一会儿,找出了那张粮票(很破,中间贴了一条白纸)。"前些年,您知道它对一个陕北的农民来说等于什么吗?"我说,"也许等于一辆汽车,也许等于一所别墅;当然,要看和谁比。不过,它比汽车和别墅可重要多了;为了舍不得这么张小纸片,有时会耽误了一条人命。"

记者看看那粮票,说:"是陕西省通用的?"

"是。可他不懂。我寄还给他,说这在北京不能用。他又给我寄了回来,说这是他卖了留着过年用的十斤好黄米才得来的,凭什么不能用?噢,他是我插队时的房东老汉,喂牛的……"

有些事我不想对记者说。其实,队里早不让他喂牛了;有一回,他偷吃了喂牛的黑豆……

"他说,这十斤粮票,我看病时用得着。"

"看病？用粮票？"记者问。看来他没插过队。

"比送什么都管用，他以为北京也是那样。后来我才知道，他儿子的病是怎么耽误的。我没见过他的儿子，那时他只带个小孙女一块过。"

我和记者都沉默着，看着那张汗污的粮票。

"现在怎么样？"记者问我，"你们还有联系吗？"

"现在有现在的难处，要是把满街贴广告的力气用来多生产点像样的缝纫机就好了。"

记者没明白。

"前些日子他寄钱来，想给他孙女买台缝纫机，他自己想要把二胡。可惜，我只帮他买到了二胡。他说，缝纫机一定得买最好的，要不他孙女该生气了。简直算得上是忘本了吧？"

记者笑了，吹去笔记本上的烟灰："还是回到正题上来吧。你是怎么战胜了……譬如说……"

"还有医院的大夫，常来家看我……还有生产组的大妈们，冬天总在火炉上烤热两块砖，给我垫在脚下……还有……唉！我说不好，也说不完。"

总有人间一两风 填我十万八千梦

总有人间一两风 填我十万八千梦

总有人间一两风 填我十万八千梦

总有人间一两风 填我十万八千梦

总有人间一两风 填我十万八千梦

总有人间一两风 填我十万八千梦

人的一生，
如果真的有什么事情叫作无愧无悔的话，
在我看来，
就是你的童年有游戏的欢乐，
你的青春有漂泊的经历，
你的老年有难忘的回忆。